小説… JUMP j BOOKS

血界戦線

—グッド・アズ・グッド・マン—

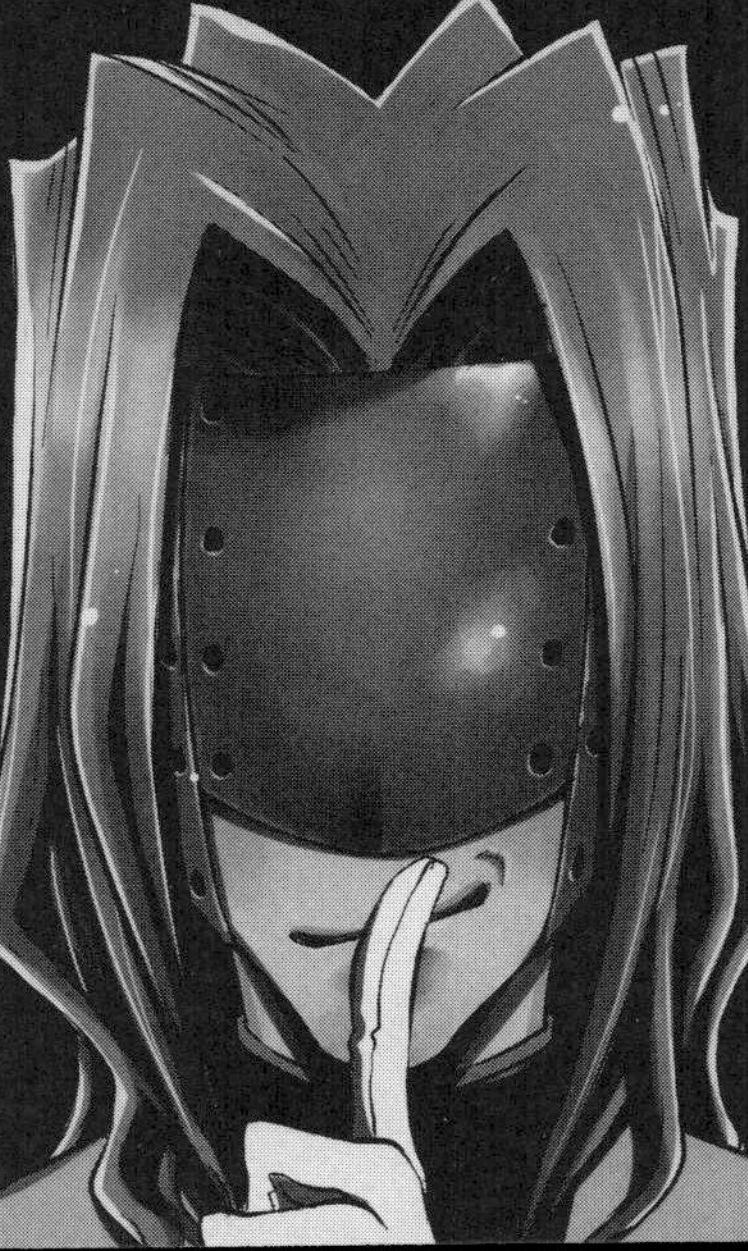

内藤泰弘
秋田禎信

一夜《いちや》にして構築《こうちく》された
霧烟《きりけぶ》る都市《とし》『ヘルサレムズ・ロット』

空想上《くうそうじょう》の産物《さんぶつ》として描《えが》かれていた「異世界《いせかい》」を現実《げんじつ》に繋《つな》げている街《まち》。
その全貌《ぜんぼう》は未《いま》だ人知《じんち》の及《およ》ばぬ向《む》こう側《がわ》であり、霧《きり》の深淵《しんえん》を見《み》る事《こと》は叶《かな》わない。
人《ひと》では起《お》こしえない奇跡《きせき》を実現《じつげん》するこの地《ち》は
今後千年《こんごせんねん》の世界《せかい》の覇権《はけん》を握《にぎ》る場所《ばしょ》とも例《たと》えられ
様々《さまざま》な思惑《おもわく》を持《も》つ者達《ものたち》が跳梁跋扈《ちょうりょうばっこ》する街《まち》となる。
そんな世界《せかい》の均衡《きんこう》を保《たも》つ為《ため》に暗躍《あんやく》する組織《そしき》があった。
その名《な》は「秘密結社《ひみつけっしゃ》・ライブラ」
彼《かれ》らは今日《きょう》も、不安定《ふあんてい》な世界《せかい》で戦《たたか》い続《つづ》ける——。

Steven A Starphase
スティーブン・A・スターフェイズ
エスメラルダ式血凍道《しきけっとうどう》を用《もち》いる組織《ライブラ》の番頭《ばんとう》。
Chain Sumeragi
チェイン・皇《スメラギ》
諜報《ちょうほう》・索敵《さくてき》・追跡《ついせき》を担《たん》当《とう》する不可視《ふかし》の人狼《じんろう》。
Zapp Renfro
ザップ・レンフロ
斗流血法《ひきつぼしりゅうけっほう》「カグヅチ」を使《つか》う褐色《かっしょく》の陽気な男《チンピラ》。
Leonardo Watch
レオナルド・ウォッチ
「神々《かみがみ》の義眼《ぎがん》」保有者《ほゆうしゃ》。戦闘力《せんとうりょく》は低《ひく》い。
Klaus V Reinherz
クラウス・V・ラインヘルツ
秘密結社《ひみつけっしゃ》「ライブラ」リーダー。その巨躯《きょく》から威圧感《いあつかん》ある存在《そんざい》だが、物腰《ものこし》は穏《おだ》やかで紳士的《しんしてき》。ブレングリード流血闘術《りゅうけっとうじゅつ》の使《つか》い手《て》。
Sonic
ソニック
レオに懐《なつ》く音速猿《おんそくざる》。知能《ちのう》は高《たか》い。
Zed O'Brien
ツェッド・オブライエン
斗流血法《ひきつぼしりゅうけっほう》「シナトベ」を使《つか》う礼儀正《れいぎただ》しい半魚人《はんぎょじん》。
Gilbert F Altstein
ギルベルト・F・アルトシュタイン
クラウスの執事《しつじ》。全身《ぜんしん》を包帯《ほうたい》で覆《おお》う再生者《レゲネラトーア》。
K·K
K・K
電撃《でんげき》を纏《まと》う血弾格闘技《ブラッドバレットアーツ》を操《あやつ》る長身《ちょうしん》のレディ。
FEMT
堕落王《だらくおう》フェムト
暇潰《ひまつぶ》しと気《き》まぐれに混沌《こんとん》をばらまく穀潰《ニート》し。

GOOD AS
GOOD MAN

CONTENTS

普通

ありふれていること、他の
多くと同様であること。
たいてい、一般的、通常。

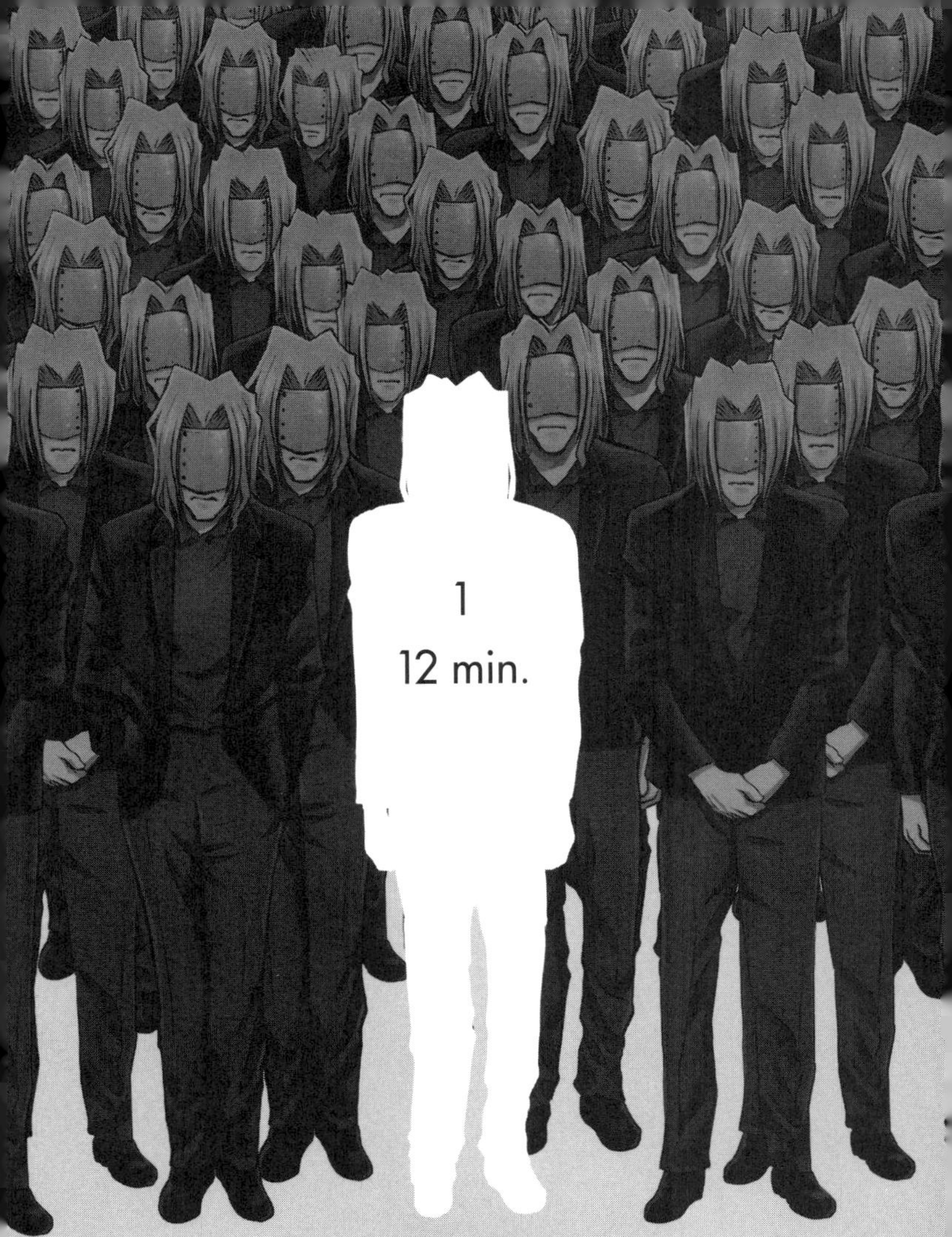

（特異点を仕込むのには問題ない時間）

GOOD AS GOOD MAN

支配は容易《たやす》い。

破壊はなお容易い。

創造もそれほどでもない。

創造し、被造物に委《ゆだ》ねること。これは苛立《いらだ》たしくはあるだろう。

被造物の疑問に応えること。難解ではないが面倒だ。

あまりに始終乞《こ》われ続けるひっきりなしのくだらない願いにキレて、惑星を水浸《みずびた》しにしたりしないこと——一度くらいなら許されるとすれば、まあそんなに難しくはなさそうだ。

さて……

たっぷり七秒間の沈思黙考を経《へ》て、堕落王《だらくおう》フェムトはひとりつぶやいた。

「…………なんでかな…………」

永劫《えいごう》を生きる者のそのうちの七秒を奪い取ったその衝撃は、なおも続いていた。

「ちょっとおかしいと思わないか？　ねえ？」

呼びかけるが、返事はない。

少し待ってからまた呼びかけた。

「いや、負けて文句言ってるんじゃないんだ。ゲームなんだから。そこまで野暮《やぼ》じゃない。丁々発止《ちょうちょうはっし》、それなら良いんだ。でもさ、勝ち方ってもんがあるだろう」

誰も答えない。

それはそうだろう。三万フィートの上空に雑談相手は普通いない。

地上のヘルサレムズ・ロットを見下ろす。

この高度からでは雲にしか見えない。地上まで下りればそれは霧となり、霧の中に入ればそこは街《まち》だ。さらに街の下は深淵《しんえん》へとつながっている。

普通、返事がなければ話はやめる。

だが堕落王はそのまま続けた。

「僕が何時間かけて用意したと思ってるんだ」

「どれくらい？」

声が返ってきた。

堕落王は手袋を外《はず》した。その手のひらに、ひとりごと相づち用人面瘡《じんめんそう》、名付けてキング・オブ・レイトナイトが出現したからだ。

堕落王は首を振り、大いに同情されるべきこの悲劇について語った。

「思いついてからたっぷり十二分はかかった」

「グラタンも作れねえな」

「でも1セントコインに逆順法性瞬位特異点を仕込むのには問題ない時間だ」

「なんだそれ。テキトーこいてねえか」

「適当なものか。ゲームのルールは単純なんだが、解法はないはずだった。仕込んだペニーを一枚だけ街に与える。このコインは他のあらゆる通貨、物品とは併用できない。ルールを破った場合は即座に、そうでなくても三十分でコインはブラックホール化する。術式を解《と》くにはペニーを疑いなく貨幣として使いきり、買った品物を僕に届けること」

「ふむ」

「プレイヤーにできるのは、手近なドラッグストアの店主でもバンク・オブ・アメリカ・タワーの地権者でも誰でもいいが、そいつ相手に商品を1セントまで値切るよう交渉するか、もしくは特異点を生む術式を解除する無謀《むぼう》な挑戦しかない。この世に1セントの商品は存在しないから」

「で?」

「もちろんルールは喧伝《けんでん》したから、ミント一個くらい1セントで売ってくれる奴はいるだろう」

「そうだな」

「でもそれが罠だ。僕は受け取った品に対してお釣りを返す。同様の処理をした貨幣でね。どんなに頑張ったところで必ず数セントが残る。消せないんだ。使用方法もない無価値なものを未練たらしく廃止もしなかった愚《おろ》かな人類への嘲弄《ちょうろう》とともにね！」

　ひとしきり盛り上がって声をあげる。

　が、人面瘡は冷静に訊ねた。

「それで結果は？　まだ見たところ地球の形は変わってないようだが」

　フェムトが拳《こぶし》を握っていたので人面瘡には地上のことなど見えなかったろうが。

　なんにしろ問われてフェムトはため息をついた。

「問題のペニーを手にしたのはただの男だった」

「どんな男だ？」

「どんなもこんなもない。どこにもいるような奴だ」

「へえ。そいつはどうしたんだ」

「硬貨をそのまま、すぐそこにいた大道芸の足元の缶に投げ込んだ」

「……どんな大道芸？」

「どんなも！　こんなも！　ない！　どこにでもいる！　ただの大道芸の男だ！」

また声を荒らげる。雲の上にいるのに地団太《じだんだ》を踏んだ。

「こういうのが一番腹が立つんだ！　考えずに当たり前のことをやる奴が！　考えろよ！　考えて裏をかいたつもりになって罠にはまれ！　それがゲームってもんだろ！」

ぜえはあと息を切らせてようやく落ち着いた。

そこでゆっくり、人面瘡がつぶやきを発する。

「……思うに、回答者がどうこうより、お前が馬鹿なんじゃねえの」

「君よりは馬鹿じゃない。証明できる」

「どうやって」

「僕だったら手のひらにひっついてる分際で口答えなんてしないからね」

フェムトはそう言うと即座に、手元に出現させたフォークで人面瘡を貫《つらぬ》いた。顔も、それを刺した傷も消えた手に手袋をもどす。

しかし。

「……静かになっちゃったな。まあいつものことか」

高度と隔絶《かくぜつ》。孤高と静謐《せいひつ》。

肌着のように馴染《なじ》んだこれが堕落王の世界ではある。

困難はひとつもない。

堕落王にとって容易くないのはひとつだけ。

持ち合わせないただひとつのこと。《普通《グッド》》だ。

「つまり」

と、フェムトはひとり、誰に見られることがなくともポーズをつけた。

「僕が普通になるにはどうしたらいい？」

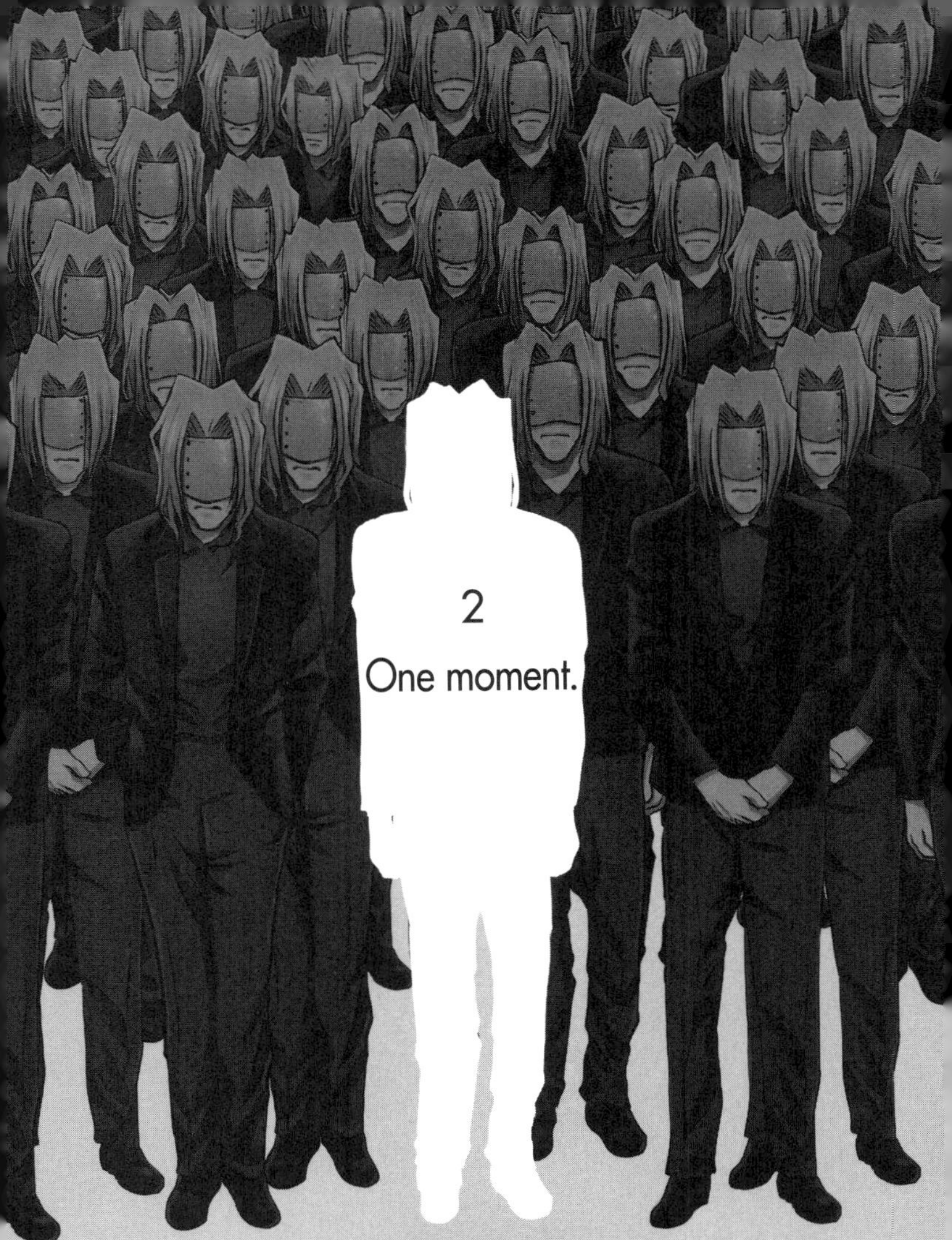

2
One moment.

(1と1／2インチ)

GOOD AS GOOD MAN

「あっ」

同僚たちから二歩ほど遅れて歩いていたレオナルド・ウォッチは横断歩道を渡り損《そこ》ね、取り残されてしまった。

車が数台通り抜けると、道の反対側に待たせている同僚ふたりの姿が見えた。再び信号のボタンを押して次に渡れるようになるまで待ったとしても一分もかからないが、それより先に車が途《と》切《ぎ》れた隙に渡ってしまうか、少し考えた。

他の歩行者は何人かもう渡り出している。そしてさらに何人かは車が走っている間にもとっくに渡っていた。待っていたのはレオひとりだった。

（ニューヨーカーなんだよなあ）

信号でも足を止めない人々に、そう思う。レオの出身地ではそんなことはなかった。そもそも歩行者用信号もほとんどなかったが。

あの頃ぼんやりとイメージしていた大都会は、今はもうない。

厳密には、ある。微《かす》かに名《な》残《ごり》を残している程度には。人々の気性の根っこなるものはなかなか変わらないのだろう。今がまさに、ここがかつてニューヨークであったのを思い起こした時だった。

とはいえ、だ。

デカフェとスマートフォンを手に、毎年更新されるニューモデルのスニーカーで颯爽《さつそう》と早歩きする人間たちと。

プードルくらいの大きさのヌードルの塊《かたまり》に手足の生えた一団がぬるぬると道路を這《は》っていくのとが交差し、特に問題もなくすれ違っていくのを眺めると、やはりここは元のニューヨークではないとすぐ分かる。

標識も英語だけではなく、人界にない言語の看板がかなり増えた。意識の高い連中の間で、異界《ビヨンド》の者向けに広告を出すのが少し流行《はや》ったせいだ。「世界が違ってもみんなに愛を！」と英語が併記されているが、異界《ビヨンド》のナントカ語のほうはどうやっても「ガリ勉のたわわな粘状突起に余分な給与を与えよう」としか読めないらしい。

世界の向こう側にもガリ勉ってあるんだ……とレオは若干《じやつかん》しみじみしたものだった。あと、たわわも。

恐らくニューヨーク時代からあっただろう神を讃《たた》える張り紙は『神なら昨日会った。四十二匹いたぞバカヤロウ』と落書きされていた。まあその落書きだって同じく以前からあったのかもしれないが。

そんなことを思っているとヌードルの集団の一匹が、こちらに渡りきる前に乾燥して道半《なか》ばに倒れてしまっていた。それをまたいで通りすぎたスーツの女が、ふと思いついたように引き返してきてコーヒーの残りを乾燥ヌードルにかけた。復活したヌードルは女に何度も礼を言いながら道を渡った。ただ仲間と合流しながら「あ、これソイラテだなぁー……アレルギーなんだよなー……」と愚痴《ぐち》を言っているのがレオの耳に入った。

(あ、そうだ。合流)

つい足を止めたままでいたが、ちょうど信号が切り替わったところだった。レオも足早に横断歩道を渡った。歩行者だけではなく、車も特異だ。一見車のようだがフロントガラスの中身は内臓が詰まっているだけというものもよくある。寄生生物が車を乗っ取って自我を持ったものだが、最近ではしっかり交通ルールも覚えて順守するようになってきた。これは世界を越えて新たな生命が誕生し、理知を得るまでの神秘的経緯だったのかもしれないが、特に理由もなく道を走り続けるだけなので渋滞を悪化させるとして自警団が定期的に射殺《いころ》している。

まだ夏というには早いのに、晴れても風が通らず、空と街《まち》との輪郭をぼやかせる霧の重さに汗がにじむ。ほんの数メートル小走りしただけなのに、レオは首が蒸《む》れるのを感じた。

道を渡ったレオに、同僚のひとりが因縁《いんねん》をつけてくる。

「スッとれえなあー。サッと来いよサッと」

「すいません」

言いがかりに対して謝るのも癪《しゃく》ではあったが、ぼーっとしていたのは事実なのでレオは頭を下げた。

そしてもうひとりの仲間が対照的に落ち着いた口調で言ってくる。

「遅れるのは問題ではないですが、声をかけてください」

「婆《ばあ》ちゃんじゃねえんだから、声かけられたら手ェ引いてやんのかよ。渡れひとりで。グズか」

「いや、まあ……」

レオが言い返すより先に、仲間のほうが反論した。

「レオ君は別に渡れなかったわけじゃないでしょう。原生動物レベルの御方には理解できない概念でしょうが、モラルを優先したんです」

「原生ときたかコラ。魚類。てめえの餌か」

原生動物レベルの御方は今度はその仲間へと食ってかかる。

ツェッド・オブライエン。

〝魚類〟というのはおおむね――要するに見た目でいえばだが、そのままの意味だ。人間の形をしているが厳密には人類と違う。かといって周りを見渡せばいくらでも歩いている異界人たちとも別なのだが。それはひとまず割愛する。

体温を感じさせない青い皮膚、表情のない目。体形、骨格は人間に近いが首元に着けた呼吸器がないと大気内では活動できない。鰓《えら》呼吸だからだ。通常はオフィスの巨大水槽で過ごしている。

落ち着いた物腰で、振る舞いも知的だが、持ち合わせた戦闘能力は軽く人知を超える。もっとも、レオの職場ではそれが標準だが……。

そして原生動物レベルのほうは、ザップ・レンフロだ。

斜め下から睨《にら》み上《あ》げてアシカよろしく甲高《かんだか》くオウオウわめくものの、後輩のツェッドに滔々《とうとう》と言い返されている。

「毎度思うんですが僕はその曖昧《あいまい》な魚類呼ばわりにどう答えれば良いんですか。海洋生物がどれだけ多岐にわたる広範な定義か承知の上で言っているんですか。海洋生物学と生物海洋学の基礎的な違いもご存じなさそうですが」

「おーおー海ん中にお詳しいようですなあ。魚類の嗜《たしな》みかよ」

「どう考えても人類の学問だと思いますけどね。はて。頭痛薬は頭痛になる薬だと解釈するタイプの御仁《ごじん》ですか？」

このあたりになるともはやレオは置いてけぼりで、彼らふたりがただ口論したくてしているだけになってくる。

加わっても得はないので、レオはふたりが言い合いを続けながら歩き出す後をまた二歩ほど開けた。なんとなくあたりを見回す。

道を渡るだけでもいちいち、これだけのことがある。

それがここ、ヘルサレムズ・ロットだった。

「あっ」

レオはまた声をあげた。半歩足らずで信号が変わった時とほとんど同じに。

「あれ堕落王《だらくおう》じゃないですか」

全員、足を止めた。

道の反対側。つまりさっきまで三人がいた側だが。その時にはいなかったはずの堕落王がバス停のベンチの上に立って両腕を広げ、高らかに声をあげている。

……のだろうが、車も通っているのであまりよくは聞こえない。という程度の声量ではある。

背もどちらかというと低いのでベンチに立ってもそんなには目立っていない。やたらボ

リューム満点のアフロヘアーに仮面が半分埋もれている間抜けさのせいもあって、ぱっと見には垢《あか》じみたTシャツと短パンの中年男がベンチに立ってハンズアップしているだけという格好《かっこう》だ。今さら声をあげる程度の奇行で気を引かれる通行人も多くない。堕落王の周りにいるのはスケートボードを抱えた中学生三人くらいだった。

子供にカツアゲされているところにしか見えなかったとしても、堕落王の態度は自信たっぷりだった。彼は聴衆というより、この街そのものに向けて宣言していた。いや、街すら飛び越えて星々や宇宙そのものも見下し、破滅的退屈をぶちまける口上《こうじょう》はいつも変わらない。

――それがなんら能力も持たない非力な男の身であってもだ。

「ごきげんよう！　ヘルサレムズ・ロットの諸君！」

車が少なくなったのでこれだけ聞こえた。

「お分かりだろうか、この堕落王が遊びに来てやった。これを聞いている者の半分くらいはまだ生きているつまらん人間どもか。亡者《もうじゃ》には今日のところ特に用はない……が、喜びたまえ。早晩賑《にぎ》やかになるのは間違いないからな！」

堕落王はひとしきり叫んでから数秒の間をおいた。喝采《かっさい》待ちなのだろう。が、拍手は特に起こらない。スケーターが、近くを通ったヌードル生物の集団に気を取られたようだっ

た。一匹だけ膨《ふく》れ上《あ》がって大きくなっていた。恐らく豆乳をかけられた奴だろう。

また車が通ったので演説が途切《とぎ》れた。別に聞く理由もないのだが。深々と嘆息し、ザップがぼやいた。

「また堕落王か。頻度高《たけ》えな」

もちろん本物の堕落王ではない。

日々の退屈しのぎで破局的な難題を吹っかけてくるこの怪人は、あるとき突然ふとこんなことを思いついて宣告した。

「今日から僕は《普通》になろうと思う。君たちと同じ場所に堕《お》ちてみたい」

誰もその意味を理解できなかった。が、とにかく彼は実行した。

方法は分かりようもないがヘルサレムズ・ロットに、自分を堕落王だと信じ込んでいる、なんの力もない一般人が何十人も出現した。

レオが最初に目撃したのはその日、アパートから出てほんの数メートルでのことだ。

タコス屋から突然飛び出した男が、トルティーヤを器用に堕落王マスクにしたものを顔に貼って高笑いと口上を始めたのだった。

その程度の奇行なら珍しくもないのだが。

翌朝ようやく仕事が終わって帰宅した時にも、まったく同じ場所でひとり演説を続けているのを見て、これがそうかと気づいた。

なお、トルティーヤは誰かに食われたのか、歯形がついて半分ほどなくなっていた。

つまりはこういうことだった。堕落王は自分を平凡化する方法として、自分化した他人を大勢作り出したのだ。かといってなんの力もなく、基本的には無害だ……人格を怪人にさせられた当人にとって以外は、だが。

暇つぶしにいちいち世界滅亡を選択する堕落王は、これまでなら行動を起こせばライブラの対応最優先に位置していた。しかしこうなると他の事案の後回しにするしかなくなる。

「破壊は目的ではない！　僕にとって宇宙を破壊することは目標足《た》りえない……容易すぎてね！」

なんのきっかけがあったわけでもないのに、その偽《にせ》の堕落王は調子を得たのか声を大きくした。

またザップがつぶやく。

「たまに思うんだけどよ。あいつ実は、わりと気にしてねえか。世界滅亡」

「あ、それ俺も少し思ってました」

そんなことを話していると、堕落王はまた話を続ける。

「よって諸君、じっくり考えたまえ。ヒントを用意してある。猶予《ゆうよ》は七十五分。間に合わなければ……そうだな……なんか……なる。まずい。感じの。で、鍵は……えーと……なんだ、シリアルの箱を……よく振ってから……下のほうを開ければすぐに」

トラックが手前に停まったので聞こえなくなった。

今度はツェッドがぽつりと言う。

「やはり今度の人も、知識は共有されてないんですね」

「そらま、堕落王のモノホンの魔道技術までインプットされてるなら、あいつらゲットしようって輩《やから》で行列できちまう」

ザップは面白くもなさそうに鼻を鳴らした。

「本当に、まったく、なんの価値もねえんだ」

トラックが去って、また堕落王の姿が現れる。

同僚たちの苛立ちはレオにも分かった。

価値がないということ……になってしまうこと。それが問題だったのだ。中学生たちももう歩道いっぱいに膨れたヌードル生物のほうに夢中で、堕落王の話を聞いている者はいない。

レオたちも立ち去ろうとしかけた。が。

「オーウ！　こいつぁ面白《おもしれ》え。堕落王さんじゃあございませんか！」

ヌードル生物が道をふさいでいるせいで人だかりが増えていた。その中にガタイの大きい短髪の男たちが三人。身体《からだ》全体を銃器が覆っている。というより落ち物パズルのように組み重なった様々な銃器が隙間なく鎧《よろい》のようになっているというほうが近いか。道がふさがっていなければ、もしかしたら変人など気にせず通り過ぎていたのかもしれないが……

ベンチに立つ堕落王を取り囲んで絡み始める。

「こいつアレだろ、前にはバケモンで街潰したり、乳酸菌が九兆倍に育つとかいう謎の呪《じゅ》詛《そ》ばらまいたり。あと必ず女侍《はべ》らせててよぉ」

「あー、俺様その呪いかかったわ。腸破れたわー。それより女デカパイだったよなぁ」

「MSG爆発したとき巻き込まれて、ブラザーが行方《ゆくえ》知れずだよ……あととにかく女がよぉ」

「そうなんだよ女がなぁ」

三人で胸ぐらを掴《つか》んで堕落王を吊り上げた。

足をぶらつかせる獲物の軽さに、男たちが笑いだす。

「なにがあったんだか、今じゃこんなチンケなおっさんかぁ。女もいねえなぁ」

違う。その人は違う……

咄嗟《とっさ》にレオは声を出しそうになった。が、すっと手が伸びてきて、その口をふさがれる。

ザップだ。

横から鋭い目つきで囁《ささや》いた。

「今、助けようと思ったのか？」

「…………」

レオは答えられなかったが、ザップはそのまま続けた。

「無駄《むだ》だって分かってんだろ。この場で助けて、あとどうすんだ？　俺らがいなくなって二秒後にはまた同じこと始めるだけだ。偽物っつーてもあれは堕落王なんだ。メンタルの強さだけはな。仮にブッ殺されるとか、コナゴナにブン砕かれそうになって泣きながら命乞《ご》いすることならあるのかもしれねえ。だが懲りるなんてことだけはない。だろ？」

「……はい」

もちろん分かってはいた。

レオの諦めを見て取ってからザップは手を下ろした。

「どうにかしようと思ったら鎖でつないで監禁しとくしかねえ。それは警察に任せりゃいいだろ」

「通報はしました」

と、使っていたスマホを切りながら、ツェッド。

嘆息してザップがうめく。バタバタもがいている堕落王から視線を逸らして。

「何発か殴られりゃ、ポリが来るまでは大人しくなってるさ」

「もう何人目なんですか。ああなっちゃった人って」

レオもつぶやいた。ザップは投げやりに手を振る。

「さあな。ったくよ、これが例のごとく地球破壊爆弾起爆まであと十分——！　とかなら話も違うんだけどな」

「こっちは目下、多相交換テロを追うので手一杯ですからね」

ツェッドは生真面目にうなずいた。

ザップもだ。我《が》が強くなにかと意見は合わず、さらに言うなら意見が合っていようが言い争っていようが、仕事という一点でだけは彼らがブレることはない。

「俺らの仕事は交渉場所までデータを運ぶことだ。服に返り血だの火薬の臭いだのつけようもんなら警戒心の強いナードゴブリンども、あっちゅう間に逃げちまう。そしたらおぜん立てしたスティーブンさんの二週間の苦労は水の泡。分かってっか？」

もしかしたらザップが気にしていたのは事態の緊急度より、くっきり隈《くま》の浮かんだスティーブンが、出発するザップらの背後でぽつりと「こんなお遣いもこなせないようなら……」と口走ったきりぴくりとも動かなくなったことなのかもしれない。うすら悲しい笑顔だった。

それは置いておくとしても、こうするより他ないのは事実だ。ほうっておく。

が。

ぱん！

銃声が鳴り響いた。見ると例の膨れたヌードルが弾け飛んだところだった。塊から一本一本の麺に分裂して（としか表現しようがないのだが）、一斉に側溝や建物の隙間に逃げ込んでいく。

撃たれたヌードルだけではない。マイペースだった通行人たちも、さすがに声をあげて逃げだした。

「てめえ！　なにが『おやめなさい』だクソバケモンが！　ご立派なことほざきやがるとモテんのか！　モテる秘訣か！」

ゴロツキのひとりが銃を抜いて、振り回しながらがなる。

逃げ惑うヌードルを踏もうと地面を蹴りまくりながら、すっかり激昂《げっこう》していた。

「そして！　そんなだから俺様がモテねえんだろと言いやがったか！　言いやがったかァ！」

恐らく言っていないのだろうが。

　別のゴロツキが背中のショットガンを抜いて発砲する。幸いにも人には当たらなかったが、通りかかった車のボンネットに穴を開けてパニックを車道にまで広げた。

　走り出す車両と、運転を放棄する車両、そして双方を避け損なって無理やり曲がる車。

　その騒音でさらにテンションを上げてゴロツキは新たな銃を抜いて連発する。

　レオは立ち尽くした。見るとザップとツェッドは路面を睨みながら歩き去ろうとしている。

　車も人も、騒乱の最初の波が過ぎて……一瞬、静まった。逃げられる者はもう逃げたし、隠れられる者は隠れた。ゴロツキも息が切れたか、硝煙と熱気を放つ銃を両手に抱えて汗を拭《ぬぐ》う。

（これで収まったなら……）

　わずかな光明にレオは望みをかけた。

　が、駄目《だめ》だった。

「ぷ……ぷ……ぷぅぅぅ！」

　ベンチに身を隠していた中学生が、思い切り吹き出した。

　ゴロツキを指さして笑《わら》い転《ころ》げる。

「なんだよ……なんだよそれ！　モテっかよ！　そりゃ無理だろ！」

レオとしては、子供の気持ちは分からないでもなかった。

ゴロツキは身体中に銃を下げていたが、胸についていたハンドガンを抜いて使っていた。その場所が空《あ》いて、乳首が見えている。それで分かったがどうも彼らは全身に銃帯を巻いているだけで、銃以外はなにも着ていなかったらしい。つまり撃つたびに裸に近くなっていく。

笑い転げる子供の首根っこを、ゴロツキが摑み上げた。

「俺様の実用主義なファッションセンスが面白《おもしれ》えか。そうだな。最後に笑って死ねて良い人生だったなあ」

さすがに中学生の笑いが止まる。発作の残りのようにまだ震えてはいたが。それは恐怖のせいかもしれない。

その時、別のゴロツキに吊り下げられたままだった堕落王が不意に声を発した。

「いくらこの謎かけが難解だからといって、殺してもいいのかな……？　ヒントを聞いていたのはこの少年たちだけだぞ……？」

「あん？」

話は通じていなかったが、それまで黙っていた（というより気にもしていなかったようだが）獲物が騒ぎ始めたのでうるさそうに連中の目が堕落王に集まった。

聴衆を得たからか。堕落王は調子に乗って高笑いした。絞められた気管の許す限りで、だが。

「チンケ感抜群の小物どもに！　僕のゲームを邪魔されてなるものか……！」

ま　ず　い　。

と思う一瞬すら、歪《ゆが》んだ間があくほどの刹那の刹那。

輩《やから》どもにしてみれば、うるせえボケと口走り、銃口を上げ、堕落王の顔面に銃弾を撃ち込むまでの時間。

トリガーが引かれ、撃鉄がカートリッジを叩くまでの1と1／2インチほどの距離。

中学生は悲鳴をあげるが、その発声の最初のAが喉を通るか通らないかの咄嗟《とつさ》。

レオにとってはそれらすべてを見て取るまでの瞬間。

しかし身体を動かすには絶望的に間に合わない一瞬。

そして。

なによりも素早くザップが、追突した車を飛び越えてゴロツキどもの懐に滑り込んで血《けつ》法《ぽう》を放ち、銃弾を逸らして捕らわれた堕落王と子供を抱え離れるまで。

全部が同時に起こる中、連続するフィルムに紛れ込んだ別の絵のようにザップだけが駆け抜けていった。

「…………！」

全員、呆気《あつけ》に取られるが。

ゴロツキらはあたりを見回して、まずはひとりが背後にいるザップを見つけた。

「──ンな──らァ！」

いろいろ省略した声をあげ、得物《えもの》をハジく。

抱えた二人を適当に放り投げ、ザップは血刃《けつじん》ですべての銃弾を打ち落とす。

次いで二人目がショットガンを向けようとした時には、一人目は膝蹴りで沈んでいた。

二人目も銃を構えるまでもなく仰向けに転倒した。ザップの蹴り飛ばした一人目の拳銃が顔面に直撃して。

三人目が問題だった。相手が並みの相手ではないとすぐに察したのはさすがだ。彼はまとっている中で──恐らく──最も強力な武器を使った。局部前に位置する得物で、ぱっと見には四角いオイルヒーターのような見た目だ。

爆発してそれがなにか知れた。ベアリングを無数に射出する指向性対人地雷だ。言うまでもないが正規の使い方とは異なる。が、使用法を守っていようがいまいが、数メートルの殺傷確実圏内に堕落王も、中学生も、ザップも、あとついでにゴロツキの仲間ふたりもいる。全身を銃器で覆っているゴロツキたちは運が良ければ半死半生程度で済む可能性はあるが。

ザップの服に無数の穴が開くのをレオは見た。数百個のベアリングが少なくとも五人を引き裂き血の霧に溶かす。はずだろう。本来ならば。

ザップの血刃は地雷が爆発するより先に相手に到達していた。数十メートル四方に弾をばらまく装置も、爆発の元は数センチ以内。そこに突きつけられた血刃が弾幕に隙間を作った。縦に割れた空隙《くうげき》をぎりぎり通り抜けてザップは敵に肉薄し、そのまま拳骨《げんこつ》で昏倒させた。

ゴロツキたち三人がどさりと倒れて、堕落王も中学生も無傷。被害と言えるのはぼろぼろに穴の開いたザップの服くらいだ。子供はさっさと仲間と合流して逃げ出したし、堕落王もベンチの上にもどって演説を再開する。今度こそ完全に誰ひとり聞いている者もいないが。

だらだら道を渡ってもどってきたザップからは、至近距離で浴びた火薬の燃焼臭がはっきりとした。

レオやツェッドの視線に、不機嫌に歯をむき出しにしてザップは言った。

「うっせえな。全裸で行きゃいいだろ」

――かくして特にこの一日も他の一日となにがというほど変わるわけでもない。

これがここの日常だ。

街の名はヘルサレムズ・ロット。

元・紐育《ニューヨーク》。

一夜にして崩落・再構成され異次元の租界《そかい》となったこの都市は今、異界《ビヨンド》を臨《のぞ》む境界点、地球上で最も剣呑《けんのん》な緊張地帯となった。

霧烟《けぶ》る街に蠢《うごめ》く奇怪生物・神秘現象・魔道犯罪・超常科学。一歩間違えば人界は侵蝕、不可逆の混沌に呑《の》まれるのだ。

世界の均衡《きんこう》を守る為、暗躍する秘密結社ライブラ。

この物語はその構成員達の戦いと日常の記録である。

最近起こっている事件は。

複数の位相を混線させる因果《いんが》歪曲《わいきょく》を悪用したテロ犯、〝神のくしゃみ〟と呼ばれる虐殺組織が活動を活発化させていた。

他には永《なが》き因縁を晴らすべく、首薙族《くびかりぞく》ライトバルトと鉄腕《てつわん》シモンの公開決闘が行われ、ビル二十棟が破壊されるも当人らはかすり傷ひとつなくブーイングを浴びる。チケット代と賭け金の返金騒ぎで死傷者多数。八百長疑惑が浮上するも両者は手を取り合って否定。共感し、和解の道を踏み出した。

飛翔狼《ひしょうおおかみ》の群れが増えすぎて、ビル群が黄色く染まるマーキングの害に不動産業者らが悩む。屋上に設置できる自動対空レーザー砲が飛ぶように売れ行きを伸ばす（という駄洒落《だじゃれ》がタブロイドで流行《はや》った）中、詐欺取引も横行。また海外ブローカーに金を流すことで国税庁のみならず国際組織犯罪防止条約も関わる問題となり、消費者監視ネットワークは、政府に市民が安心して購入できる国産の対空兵器を用意するよう求めた。

強盗、殺人、発砲事件の類《たぐい》はきりがない。発砲もないのに人が撃たれたり、人が殺されてるのに原因がなかったり、殺されているのに生きていたり、ポップコーンを作ろうとして本当どうしてそんなことしてしまうのか人間って不意に魔が差すのよネつい上の銀紙を剝《は》がしちゃってから火にかけて、それが原因でアパート全員死滅したり。レディー・ギャギャが「十九時から十分間、わたしリビングでノーパンでストレッチしようと思うの。とっても……激しく。みんなはその間だけ世界平和を祈って」と呼びかけたところ本当にその十分間犯罪数が激減したりと、仮に異界《ビヨンド》と関係しないとしても不可解なことはいくらでも起こる。

そして堕落王だ。

偽の堕落王が次々と街に出現している。

これが堕落王フェムトの言う《普通になる》ということに結びついているのかどうか。

ただフェムトはこの悪戯《いたずら》をしばらく続けているし、犠牲者は幸運にもまだ死んでいなければ、次々とブタ箱に放り込まれている。

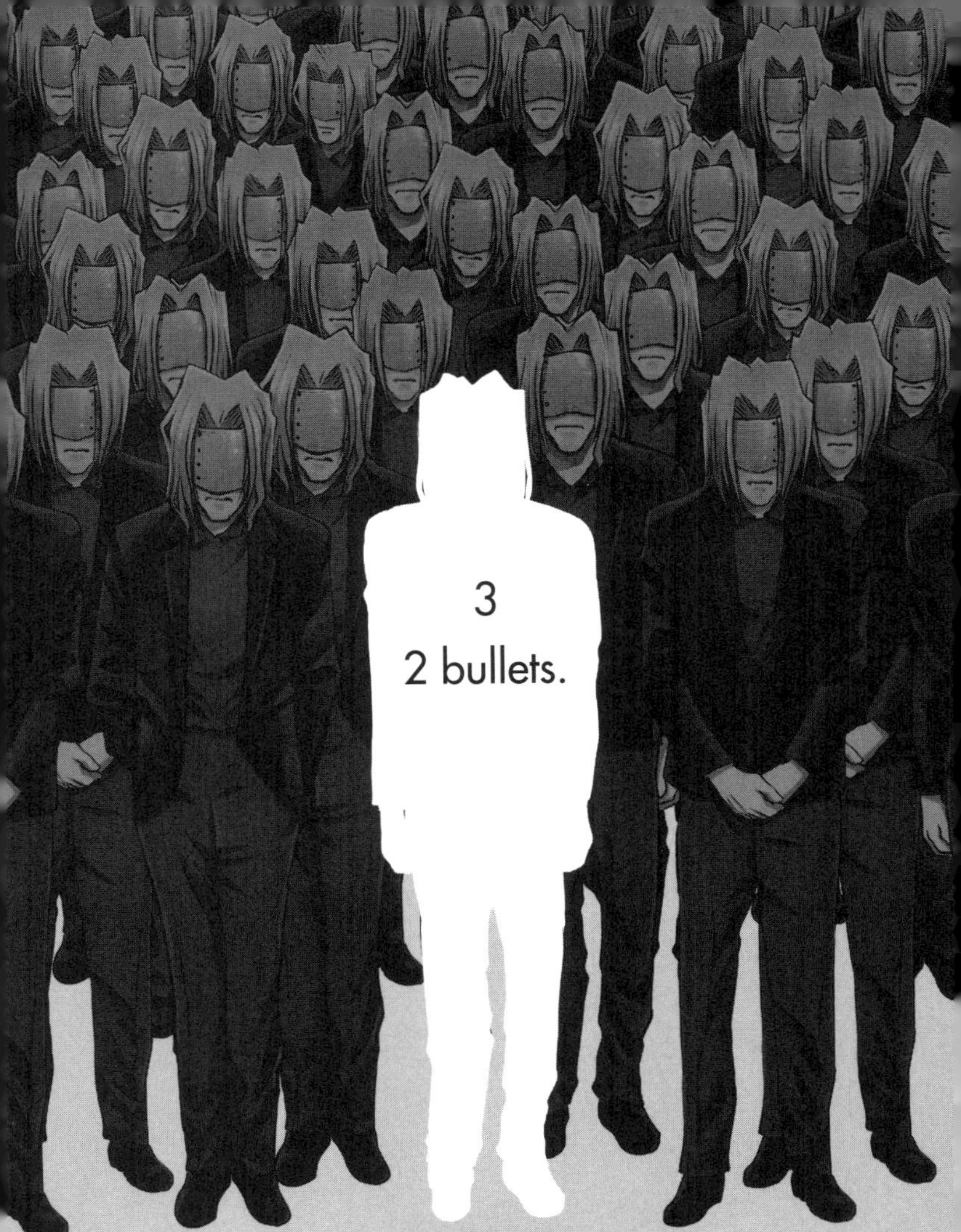

3
2 bullets.

（あれは残酷な玩具だろう）

GOOD AS GOOD MAN

超人秘密結社ライブラ。

それは超常の街《まち》ヘルサレムズ・ロットにおいて、あまりにも軽々しく存在する数多《あまた》の異形・奇跡の類《たぐい》に世界滅亡を引き起こさせないよう暗躍する組織だった。

彼らは日々、世界を救っている。

時には日に何回か。そうしなければ間に合わない。というより世界でも救っておかないことには明日が来ない。ここはそういう街だった。

レオナルド・ウォッチは、言うなればいかにもこの道理のひっくり返った崩落後の世界らしい仕方で、この組織に加わることになった。つまり「ひょんなことから」だ。

世界のもたらす古来からの最大の悪意のひとつ、気まぐれというものに見舞われ、ここに来た。

人によれば、これを数奇な運命と呼ぶ者もいるのだろう……とレオは時おり思う。

そしてそんな奴に実際会ったら、泣くほど笑ってやろうかとも思っている。

ほんの少し前まで平凡な生活を平凡なりに必死に暮らして、フットボール部の主将と取り巻きに因縁《いんねん》をつけられることくらいが最大の脅威であった人生から、街を事理連続地平面から消し飛ばそうと企む狂信者の巣窟《そうくつ》に昼食前に挑むといった生活を営むようになることが、神の用意した意味ある業《ごう》だというのなら。

まあもう笑うしかない。ということだ。

「アハハハハ」

「……なに感情乾ききってんだ」

ザップの声に返事する間もなく。

「見てきたわよ」

すっ……と、足音どころか分子をこする気配すら感じさせずに現れたのは、スーツ姿の美女だった。

彼女もレオの職場の仲間だ。隠形《おんぎょう》の能力で諜報《ちょうほう》活動をする人狼局《じんろうきょく》のスタッフで、チェイン・皇《スメラギ》。今も敵陣に侵入してきながら誰に気取《けど》られることもなく、問題の廃倉庫を遠巻きに監視できるビルの屋上で待機していたレオやザップの背後に帰還した。

「で？」

煙草《タバコ》を吹かすザップが大雑把《おおざっぱ》に訊ねる。

チェインは淡々と報告した。

「敵のアジトに間違いない。主力部隊、幹部、装備、資金源の汚染金塊まで全部そろってる。あと人が手間かけて偵察してきたのに銀ザルが横柄《おうへい》でうざい」

「なにサラッとノイズ混ぜてんだ」

がちがちと牙を鳴らしてザップが威嚇する。

だが、いつものいがみ合いも今日は長続きしなかった。どちらも目前に迫った仕事の顔にもどる。

「B班の準備は？」

班と言いながら、ツェッドひとりのことなのだが。

倉庫を挟んで反対側から突入してくる手はずになっている。決行の時刻は定めず、通信も遮断しているのでタイミングを計る方法は勘しかない。

チェインはうなずいた。

「手はず通り」

「……つまり？」

「私も見つけられなかった」

澄ました様子で肩を竦《すく》めて、チェイン。

「本当に大丈夫なんだろうなあ？　どっかシケこんでんじゃねえか。行きずりのツナサンドかなんかと」

「アンタじゃあるまいし。ツェッドはさすがよ。うまく運べば挟撃《きょうげき》に持ち込める」

とはいえザップは納得しなかった。

「敵は大勢。基地はガチゴチ固めの重武装。一方こちとら戦力ふたりこっきりで、これを挟《はさ》み撃《う》ちと呼ぶもんかね。急襲なら姐《ねえ》さんが働いて然《しか》るべきだろ」

「仕方ないですよ」

レオは屋上の縁からぎりぎり顔を出して倉庫をうかがいつつ、嘆息まじりにつぶやいた。

「こっちが今日のメインと思いきや、今朝いきなりフィラダット冥遊星《めいゆうせい》のブゴゲラダダス将軍がアプリの課金にガチギレして『このホシ、みんなシナス』と言い出したとか」

「半神性存在が律義にガチャ回してんじゃねえよなあ。まあその半神でも当てられねえガチャのほうも恐ろしいが」

「どうにか宥《なだ》めるために交渉材料かき集めて……とにかくひとつでもコネ持ってる人は総動員だそうです」

おかげでこの現場には周りを固める支援部隊も来ていない。ザップとツェッドは敵地に攻め込むのみならず、敵を逃さないようにもしないとならないわけだ。

ハードルは高い。だが文句を言っても始まらない。レオは手持ちの装備をひとつひとつ確認した。通信機、水、クッション、万一誰かに見つかった時に誤魔化《ごまか》すための高望遠カメラとエロ投稿サイトに接続済のPC（誤魔化せてない気もしたが）……

「戦闘が始まったら通信もどします。状況はここから監視しますけど、K・Kさんみたいに支援はできないんで……」

「わーってるよ。期待してねえ。ま、かかって十分ってとこか。帰り、ザ・ラーキン寄ってこうぜ――」

腕をぐるりと回して進みかけたザップを。

「待って」

チェインが制止した。

「話はまだ。実は……イレギュラーがある」

「すんなりいかねえなあ。ラーキン昼のメニュー、限定二十食だぞ。四人で行ったら余計厳しいだろ」

「私を数に入れないで。それより聞いて。堕落王《だらくおう》がいるの」

きょとんと、ザップは動きを止めた。

確かに戸惑う話ではあった。なんの関連性もない。

「パンピーのほうだよな？」

問いただされてチェインはうなずいた。

「そう」

「迷いこんだのか？」

「Aクラスセキュリティーの最深部に？」

と、目的の廃倉庫に視線を転じる。

元は廃棄待ちの雑貨コンテナが集められていた倉庫だが、ニューヨーク崩落でオーナーが死んで以来ほったらかしになっていた。大崩落はこうした、所有権自体を見失った物件があまりに多く、法的にもデータ的にも累積した問題となっている。警察の捜査能力がなかなか回復できない一因だ。

そこにテロ組織が入り込んで要塞《ようさい》化していた。敷地を含め、大きさは学校ほどある。設備は急ごしらえとはいえ組織〝神のくしゃみ〟は電算呪術《じゅじゅつ》戦に長《た》けた一級の犯罪者集団だ。技術もそうだが過激性も。切り札を失って攻め込まれるのを待つ今、余計者が迷いこんだとして生かして捕らえておくというのも考えづらい。

「監禁されてた。それに、よく分からないけどつながれてたの。装置みたいのに」

不可解そうなチェインに、ザップが文句を言う。

「分からないってなんだよ。それでも諜報係か？　仕事しろ」

「電算式呪術儀式具なんてどれもオーダーメイドみたいなものだから分かるわけないでしょ。多分《たぶん》本来は、論理爆弾を起爆するのに使うものだったはずだけど」

ここでいう論理爆弾は文字通りの論理の破壊呪術だ。

呪詛《じゅそ》によって現実を改変するまで意味の深部に影響を与える。

世の構築を手掛けるような存在に祈禱《きとう》として捧げる類《たぐい》のものではなく、単に現実そのものを演算圧力で改変する。宇宙の現実性を疑うことで可能になる兵器だった。

よって現実を上回るほどのシミュレーションをしなければ実現しない。人体はもとより常識レベルのCPUでは到底《とうてい》及ばず、使用されるのは異界仕様《ビヨンド》の神性出力コンピューターで、最低でもアレフ2次元以上の幾何学《きかがく》を描画する必要がある……とかなんとか。聞いたところで正直、レオにはさっぱりな理屈だったが。

うーん、とザップは算盤《そろばん》を弾くように指を動かした。これまでの状況と、チェインがもたらした情報とを整理するように。

「あいつらの切り札は、ナードゴブリンがカウンター術式を弾き出して陳腐化されただろ。あいつらのパスじゃどうやったって起爆しねえ。向こうもそれは承知してる」

「改造痕《あと》があったから別目的に強引に転用した可能性が高い。あの出力を使わないとできない仕事をさせてるなら、核攻撃クラスの破壊規模は十分ある」

「……カチ込んでよし、て腹だったんだけどな」

舌打ちして、苦《にが》みを確かめるように。

聞き入っていたレオも覚悟を固めた。本部に打診するような余裕もない。この現場で決めなければならない。

「関係ない人が捕らえられてるなら救出しないと」

「救出はともかくとしても、解除は最優先だ。ラーキンは五人だな」

「だから私を入れないで」

「いいから一度食ってみろって。見た目ほどブタ飯《メシ》じゃねえんだから」

ザップが勧める先で、チェインは狼というより魔法の猫のように仏頂面《ぶっちょうづら》だけ残して消えていった。


テロリストも街中に潜んでいる時には、見張りを大勢は外に出せない。

監視カメラがメインということになるが、それはレオの目で対抗できる。ひとつひとつを発見し、死角を探していく。

「こっち側だけで可動式が八……固定が十二」

声をひそめて囁《ささや》くレオの声を、ザップは振り向かず聞いている。

というよりほとんどおぶさるくらいに密着しており、レオの鼻のすぐ前にザップの頭があった。

ふざけているわけではない。大真面目だ。敵のアジトである倉庫の脇の小道。フェンスの間際《まぎわ》で物陰に隠れている。

なるべく視界を近くした状態で、レオは視覚情報をザップに転送した。

「よし。見えた」

もちろん、見るだけならザップが見ても同じだ。だがレオが見ているのは常人の情報量ではない。それを一気に受け取ってザップが震えるのが伝わってきた。

「シッ！」

気合の混じった呼気一閃《いっせん》。

同時にザップが指先から極小の刃《は》を糸のように放つ。蜘蛛《くも》の糸のように細いが、威力をなくし過ぎれば狙いが逸《そ》れるしそもそも目標を壊せない。ザップはそれをどんぴしゃのバランスでこなした。

視界を同じくしているレオには見える。ザップの刃は監視カメラのひとつを狙い、電源ケーブルを切断する。

「ウシ。偏差《へんさ》も含めて完璧」

自画自賛するザップが離れると同時に、レオも視界の同調を解《と》いた。目をこすりながら早口に告げる。

「一番近い見張りは大体《だいたい》百メートルの距離です」

停まったカメラがあれば故障の点検に寄越されるはずだった。ここからはまた別のことに目を使わないとならないので、見張りに注力できない。見当でいくしかなかった。ザップがうなずく。

「一分ってとこだな。急ぐぞ」

フェンスを切り飛ばして侵入路を作り、ザップが駆け出していく。レオもその後に続いた。出来た死角を突き抜けて目指すのは倉庫の裏口だ。本来なら従業員の休憩室に入るための扉だった。

おおよそで十数えたところで扉の前へ着いた。ここのロックも既《すで》に調べてある。

「指紋認証ってまた古風だよな」

ザップの言う横でレオはまた集中した。指を当てる読み取り窓に顔を近づける。

レオの持っている武器はこの「眼《め》」だ。

それこそ「ひょんなことから」得ることになった超常の視力である。忌《い》まわしくもあるが使えるものはうまいこと使っていくしかない。その眼で指紋の痕《あと》を読み取る。

予定の手はずはこうだ。

まずはカメラを一台だけ停め、敵が調べに来るまでに扉を開ける。

内部に入って、監視側が異常に気づくまでどれだけかかるかが鍵だ――ものの三秒か三分かかるか、まったくの運任せだが。チェインに教えてもらった監禁場所に行き着いて捕虜を解放する。この解除時に間違いなく敵に気づかれることになるだろう。速《すみ》やかに撤退し、捕らわれているという偽《にせ》堕落王の安全を確保した上で制圧に転じる。

いかにも調子のいい計画だ。しかも本来はその予定でなかったレオやチェインまで危険に近づいたことで、きっと大目玉だろう。それでも堕落王救出に必要な十数秒を稼ぐのに、他にうまい手もない。

パネルに残った指紋の痕を見定める……この解析にかかる時間がそのまま後の猶予《ゆうよ》となる。生死を分ける半秒かもしれない。じらされながらレオはつぶやいた。

「ツェッドさんのほう気がかりですね」

チェインが今、別行動でツェッドを探している。侵入中はツェッドにも攻撃を待っていてもらわないといけないので、それを伝えに。

だが見つける見込みがあるかどうかも分からない。彼女は凄腕《すごうで》の諜報員だが……

「見つからねえように動いてんなら、すぐには接触できねえだろうからな」

「いっそ連絡したほうが良かったんじゃ？」

「やめとけ。こいつら携帯電話まで傍受すんぞ」

というところで。

レオは告げた。

「出来た。送ります」

また映像をザップの視界に転送して、認証機から離れる。

入れ替わりにザップが近づき、右手を摑《つか》んで身震いした。

「うおおお……」

指先の小さな傷から血をにじませ、指の表面をコートしている。

そこに指紋を作り出していた。レオの見切った痕とそっくり同じものを。

さすがにザップでも、これだけ細密な再現作業は手間取るようだ。五秒か、十秒か……

出来上がった偽の指紋を、ザップは読み取りパネルに当てた。

ピッ、とセンサーが反応して。

即座に全館に警報が鳴り響いた。

「なんで！　俺ァしくじってねえぞ！」

と、ザップはわめいて認証機に何度も指を当てた。が、当然どうにもならない。

「指紋認証自体がフェイクか！」

「あ、この扉押したら開きますよ」

「Aクラスセキュリティか！　これが！」

罵《のの》っているうちに——

「侵入者だぁ！」

突撃銃を携《たずさ》えた見張りがひとり、その場に駆け込んできた。

一番近かった例の見張りだろう。ザップとレオを見るなり発砲してくる。

銃声はしなかった。マズルの火炎も。

ザップが虚空を血刃《けつじん》でひと薙《な》ぎしたのは、なにかを見たからでも分かっていたからでもないだろう。直感でしかなかったに違いない。レオにはぎりぎり、ザップの刃がなにか鋭い攻撃を受けて砕けるのが見えていた。

そして見張りの首と胴が分かれて地面に倒れる。敵を仕留めたほうの太刀筋《たちすじ》はレオにもほとんど見えていなかった。

血刃で掴み取った針のような弾をしげしげ眺めて、ザップは言った。

「電磁ニードルガン……対異能装備だな。射程はないが並みの防弾性能じゃ抜かれる」

「どのみち俺ら生身ですけど」

絶命したテロリストから目を逸らしてレオはうめいた。まだ狼狽《ろうばい》が収まらないレオに対し、ザップはもうにんまりしていた。

「つまり得したな」

「なにそのとんがったポジティブ」

わざわざ特殊な視力を使うまでもなく、施設中からこの場所に敵が集まってくるのは感じられる。

さっそくプランは崩壊した。が、ザップはひとり気勢をあげる。

「こうなりゃ全ノッケだ！　迅速突入、見敵《けんてき》必殺、敵陣壊滅、捕虜救出！　なんでもやりゃあいいんだろ、零細組織ってのはよォ！」

ライブラのどこが零細なのかはともかくとして。

さらに殺到してきた敵三人を一掃し、ザップはその勢いのまま扉を斬り飛ばした。

いや、押せば開く扉をわざわざ斬る意味はない。ザップが斬ったのはさらに別のものだ。

倉庫の壁面が幾何学《きかがく》模様に分断され、ばらばらと崩れ落ちる。

ドールハウスのように開け放たれた建物全体にいる、何十人ものテロリスト。

急に外壁が消失したことに戸惑《とまど》ったのも、ほんの数秒だ。

その全員の視線が、庭に立つ、最も目立つふたりに注がれた。

もちろんザップとレオだ。

その場にへたり込んだレオと、深い緋《ひ》の刃を悠々構えるザップと、どちらに向けられた銃口の数が多かったか。仮に差があったとしても、標的ふたつに対してはあまりに充当していた。

再び、レオは思った。

人によれば、これを数奇な運命と呼ぶ者もいるのだろう。

そして笑ってやろうとしていたのに、実際出たのは引きつった奇声だけだった。

それでも。なお。やっぱり――

笑うしかなかった。


落ち着いて考えれば、ザップの行動が最善手だったのは理解できた。

（いや、最善かどうかは微妙だけど……）

少なくとも最悪の手ではなかった。つまり身を隠しながら抗戦するよりはマシだった。安全だったかもしれないが、敵も速《すみ》やかにマニュアル通りに行動しただろう。侵入者に対して迎撃しながら、機材や堕落王を処分し、幹部が逃走を図る。

だから仕方ないのだ。とレオは自分に言い聞かせて、倉庫の中に突入した。中といっても壁が一面ないのだが。見える範囲で敵を全員把握し、監禁場所までのルートを見定めた。

ザップが外で大暴れしているおかげでテロリストの注意は向こうにいっている。レオは頭を低くして通路を走った。目立たないように、かつ飛び交うカラフルな砕片《さいへん》に当たらないように。

通路といっても壁で仕切られているわけではなく、山積みされたコンテナの間をくぐる形だ。そのコンテナも撃ち抜かれたり、吹っ飛ばされたり、斬り刻まれるたびに中身の雑貨が紙吹雪のように舞う。

何十人もの重装備の男たちが、軍隊レベルの火器をオーケストラのごとく奏《かな》でる。となれば砲火にさらされ暴れ続けているザップはさしずめ指揮者か。演奏者のほうが遠慮なく弾《ひ》きまくり、指揮者が後からついていくのが根本的な違いだが。四方から銃弾の暴風雨を受けてひとり転《ころ》げまわって奮闘しているようだった。

「クッソがァァァ！」

外に残してきたザップの様子までレオが注視していないといけなかったのは、実際彼が数十メートルのオーダーで振り回す血刃こそが最大の脅威だったからだ。縦横斜め、あるいは予想もつかない素《す》っ頓狂《とんきょう》な角度――三百六十度以上の角度が物理的にあるわけもないのだが、なんだかあるのだ、ザップの太刀筋には――から、敵のみならず周囲のコンテナまでずたずたに引き裂いていく。扇風機の中を探検している心地だった。

「うおっと！」

床につんのめって、レオは転倒した。

腹ばいになって止まった鼻先を微風が撫でる。

スイカをまっぷたつにするのと同じ音がした。顔を上げて足元を見ると、圧縮コンクリートにびっくりするほど鋭利で深い切り傷が刻まれていた。

（わざとやってるんじゃないだろうな……）

そんな余裕絶対ないのは承知だが、疑わしい。

改めて走る。途中、コンテナに隠れて兵隊とすれ違った。戦闘はますます激化している。

初めての通路を迷わずに進めたのは事前の情報と目のおかげだった。上出来なのだろうが、だからといってホッとできるわけでもない。

奥の区画に入りこんだ。周辺に敵もいない。

「ここか！」

そこはこれまでと違って、コンテナで区切られているのではなく、大型のコンテナがひとつそのまま部屋になっていた。扉にロックをかけて監禁部屋にしている。

「開ける方法は……」

さすがにさっきのような冗談じみたフェイクはない。しっかりと電子錠が下りていた。暗証番号のような単純な仕掛けでもない。カード用の読み取り口を見るに、誰かが鍵を持っているのだろう。

（さすがに見たことないカードキーなんて探しようもないしな）

鍵は頑丈だがコンテナは通常のものだ。粗雑なものだが金属製で、バールで開けられるほどやわではない。そのへんにあるかもしれない爆薬で穴を開ける……いやいや、中身が無事なわけがない。

「……対異能装備とか言ってたっけ」

思いつきを口に出した。

対人の武装とは違うわけだ。人間と違う装甲に対抗することを考えているなら、もしかしたら金属を安全に切れる武器も含まれているかもしれない。

装備の保管場所を探す。幸いにも近くだった。コンテナの通路をふたつ越えてたどり着く。戦闘で慌てたせいかフェンスが開けっ放しになっていた。

中に入って物色する。さっきも見かけた電磁ニードルガン。サイズ可変式のボディーアーマー。通常の拳銃もある。

地味な黒塗りのケースを開けると、ナイフが一本だけ収まっていた。普通のものでないのは一目で分かる。なにしろ柄《え》のほうに大きなバッテリーがつながっていた。さらに電子機器も。決済端末機のように見えたが。

バッテリーは充電済みのようだ。柄にスイッチがある。おそるおそる入れてみる……と。

《警告。切断箇所に刃が触れ、3数えゐ》

刀身に光で表示された。英文は間違っている。中国製だろう。いや本当に中国産だったら問題案件だが。

とにかく試しに、目についたボディーアーマーにナイフの先端を当てた。表示が数字だけになる。3……2……

2で、キン！ と音を立ててアーマーがふたつに割れた。

《ご使用ありあとうございます。請求は無事、契約口座から引き落とされ》

一瞬不吉な文が見えた気もしたが刀身の長さのせいで表示しきれなかった。

「まあこれ……かな」

使えそうだと判断して、後戻りする。

コンテナの脇に回り込み、刃を当てる。なるべく中に影響のないよう隅を狙って。祈るようにスイッチを入れた。

3……2……1……（フリーズ）（再起動）……2……1……

三回ほど使って穴を開けた。三度目は少し表示が違った。

《残高不足で請求が通りませんでした。契約に従い三百年の強制労働を》

少し離れた場所から「ぎゃああ！」ボリガチャグニャゲボと凄惨《せいさん》な物音が聞こえた気がした。しばらく考えた後、ひとまずナイフを捨てた。

コンテナに入る。中はＬＥＤの照明でむしろ外より明るい。五メートル四方ほどの容積にびっしりと機械が並べられ、稼働している。ファンと水冷と、閉鎖空間に反響する騒音は工事現場並みだ。

中央に椅子《いす》が設置され、そこに人がひとり、拘束されていた。プラスチックの紐《ひも》で椅子に縛《しば》られ、さらに頭部に何本ものケーブルがつなげられていた。

さすがに頭《ず》蓋骨《がいこつ》になにか突き刺すような手術は行われていない。接触式のコネクターだ。脳波を測定する機器に似ていた。

堕落王だ。同じマスクを着けている。まあ同じというか、有名人グッズショップで売っているような安物だが。紙で手作りしたのを着けている堕落王もいるので、これはかなり上等の部類とはいえる。

マスクを着けて、さらに接続のために髪を半分剃《そ》り上《あ》げられていたので分かりにくかったが、少女だった。高校生くらいか。意識がなく、動かない。

装置が動いているのは明らかなのだがモニターもなく、なにをしているのか分からない。

それでもこのままで健康上プラスになることはないだろうと、レオはケーブルを引きはがした。

少女堕落王はしばらく微動だにしなかったが——

突如、がばと起きあがった。

「なに！　なにこれ！」

「え？」

きょとんとするレオに気づいているのかいないのか、彼女は縛られたまま暴れだした。

このままでは怪我《けが》しかねない暴れようだ。レオは慌ててさっきのナイフを拾い直して、スイッチは入れずに紐を切った。

自由になった彼女はマスクを外《はず》してあたりを見回した。すっかり困惑している。

「どこ……？　なんなの。あんた誰!?　ヘンタイ！」

「いや待って。俺は」

「お母さん！　おかあぁー」

と、電池でも切れたように彼女の表情が消えた。

そして、ゆっくりとまたマスクを着け直す。

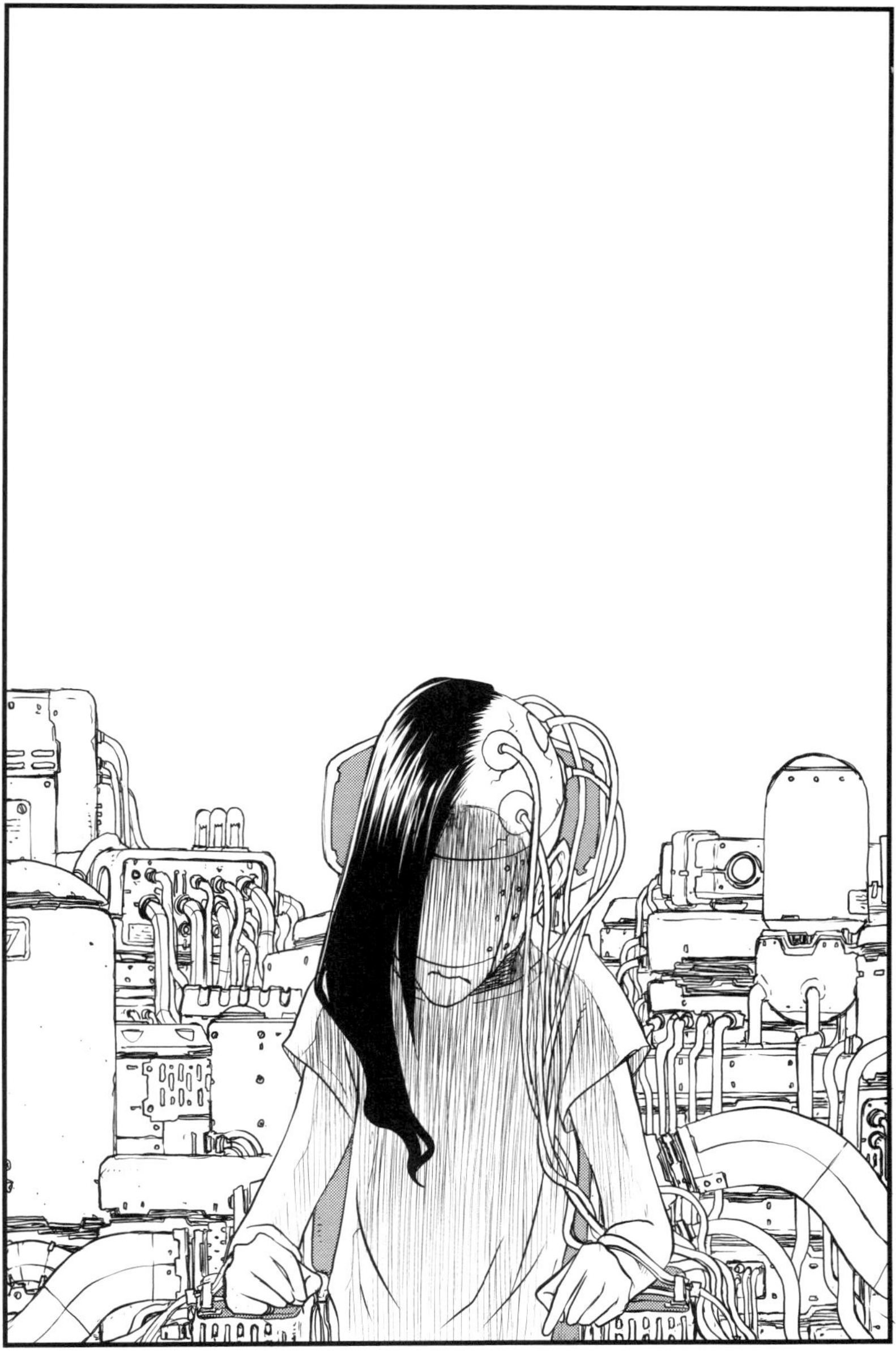

なにかあると怖いのでレオが機械の後ろにナイフを捨てていると、彼女は椅子から立ち上がって少し距離を取った。

咳払いしてポーズを取る。

「はーっはっはっは！　ごきげんよう。本日も実に退屈だ。君はどうだ？」

「え、俺？　俺は別に……」

「そうかそうか、それはなにより。でも今日死ぬよ？　さぁて本日のゲームは――」

堕落王だ。

レオはしばし立ち尽くした。

（今のはなんだったんだ？）

ほんの数秒だが彼女の素としか思えないものがもどっていた。これまで、堕落王になった者が回復した話は聞かないというのに。

と、はたと我に返る。彼女の腕をつかんで言った。

「とにかく出よう。ここは」

ゴキン！　とコンテナ全体が揺れた。

音だけ鋭いが、揺れといっても歩いていれば気づかないほどのものだ。衝撃もろくにないのにコンテナの上方が斜めにずれ始めた。綺麗に切断され、落ちていく。

ザップだろう。まだ戦っているようだ。しかし。

(悪魔と契約したナイフよりよく斬れるってなんなんだろね……)

これでコンテナから出るまでもなくなったが。

問題はそこではない。

「早く脱出しないと」

「脱出? 人生は常に逃走だ。逃げきれやしないがね」

「そういうのいいから!」

腕を引いて急ぐ。のだが。

銃声が響いて、足元を弾が叩いた。

「貴様ら……何者だ」

横を向く。肩で息を切らせた壮年の男が拳銃を手に睨《にら》みつけてきていた。

歳《とし》や見た目の貫禄から、それなりの地位の相手だろうとレオにも分かった。兵士としては歳を取り過ぎている。指揮官か幹部クラスの何者かだ。

男は少女堕落王へと視線を転じた。

「外したのか。馬鹿な。革命の最後の望みを」

「望みなんかない。あんたたちはとっくに負けてた。投降すれば――」

「投降!? 帝国がありもしない慈悲を語るか！」

激昂した男は銃を上げる。手が震えているのが見えた。狙いはつかないだろう。しかしかえって弾道を見極めづらいし、いつもの視覚の撹乱《かくらん》も意味が薄い。レオはどうにかかわせたとしても、連れている堕落王のフォローまではできるかどうか……

「よっと。オッスオッス」

すっ、と。チェインが姿を現して、男と握手してまた消えた。

「……………?」

男が自分の手を見て凍りつく。拳銃がなくなっている。

「面妖な術を。貴様も魔術使いだな。堕落王の手の者か……?」

「いや。俺は」

「黙れ下郎《げろう》！」

聞く耳もなく男はひとりで盛り上がる。懐から何個ものスマートフォンやタブレット、電卓や巻き尺まで取り出してババ抜きのように広げてみせた。

「術者は術で語るものだ。我が算術式魔法の冴え、とくと味わうといい！」

「術で語るって、真っ先に銃使おうとしたくせに」

「うるさい！ リブ・アット・ザ・グーゴルプレックス！」

スマートフォンを叩いてなんらかのアプリを立ち上げたようだ。言うだけあってすぐに変化が起こる。画面が砕けてそこから足の長い虫のようなものが這い出てきた。

それが拳銃弾よりどれくらい殺傷力のある術なのかは知らないものの、レオはもうさほど脅威は感じていなかった。いくつかの兆候がある。

ひとつはあれだけ激しかった戦闘音が止《や》んでいた。

もうひとつはチェインが来たことだ。

ついでに、魔導師が次のアプリを起動しようとして「あれ？　今月もうパケ制限いってた？」などともたつきだしたこともあるといえばある。最初に出現した虫は、頭上から飛び降りてきたツェッドの三叉槍《みつまたやり》で刺し殺された。実際には何合か打ち合い、棘《とげ》状の羽根でツェッドに傷を負わせたりもしていたので、手強《てごわ》い術ではあったのだろう。

狼狽《うろた》えながらものすごい速度で電卓を叩き始めた男を、背後から現れたザップが蹴り飛ばして決着した。血法《けつぽう》の糸で縛り、その場に取り押さえる。

レオは、息を切らせるツェッドに駆け寄った。

「ツェッドさん！　気づいてくれたんですね！」

振り向いてツェッドがつぶやく。

「……いや、これだけ大騒動になれば」

考えてみれば騒ぎを起こさないよう待機を伝えるために探していたのだから、結局騒ぎになった時点でもう来てもらったほうが良くなっていた。

「んまあ、俺ひとりでこと足りたな」

魔導師を蹴り転がして得意げに、ザップが鼻を高くする。

だが、ツェッドがきっちり反論した。

「僕が反対側から半分は受け持ってたのをお忘れなく」

「そーだな。敵さんの背中側からな」

「明らかに手間取ってたじゃないですか。それがなければもっと早くレオ君のほうに合流したのに」

「っせぇな。途中、幹部っぽいのが手練《てだ》れでヤバかったんだよ。急に地面から出てきたグロいのに引きずりこまれてったから殺《や》りそこねた。なんだったんだアレ」

首を傾げるザップに、やや離れてレオは告げた。

「それ考えると寝られなくなりそうなんで二度と触れないでください」

「……まあいいけど」

と。

「じゃあ、撤収?」

チェインが出現した。状況の把握のために敷地内を見て回ってきたのだろう。

んー、とザップが答える。

「だな。あとはポリスにお任せでよかんべ」

「き、貴様ら何者なんだ！」

わめく魔導師が、急に声を引っ込めたのは。

まるでごく当たり前のような手つきで、ザップがその人差し指の先を魔導師の眼球に触れさせたからだ。

レオには見えたが、魔導師に瞬《まばた》きもさせず、傷つけるでもない、尖《とが》った爪の先で軽く触れただけだ。ミリでもズレればできない。これだけのことなのに、相手に練度のほどを突きつけている。

息を呑んだ魔導師にザップは告げた。

「分からねえほうがいいぞ。死体の仲間入りしたくねえならな」

「ねえ。その子は？」

退屈そうにチェインが言ったのは堕落王のことだ。

「はーははは！」

マスクを着けた少女はずっと口上《こうじょう》を続けていた。誰も聞いていなかったが。

「世に愉《たの》しみと崩壊を！　もてなして差し上げようじゃないか。秩序を壊すため用意した今日の宴《うたげ》は……うーん……電球くわえて頭突き選手権とかどうかな。まあやってみてから考えよう」

「うーん……」

全員、しばし考え込む。

「ここに残すってのもちょっとアレだな」

あたりの惨状を見回してザップが頭を掻《か》く。警察を呼ぶなら引き取ってもらうのにも丁《ちょう》度《ど》いいが、状況を説明する者がいない。妙な罪状に巻き込まれてしまうかもしれない。

「家がありそうならそっち連れてくか。調べさせりゃ身元不明ってこたねえだろ」

「課報係の雑用増やすとまた嫌味《いやみ》言われますよ」

「あー、クソ薄情だもんなあいつら」

「もしそれ私の話をしてるんなら、いつか目が覚めた時、胃に子供の靴が入ってるのを楽しみにね。手術室で取ってもらってから弁明頑張って」

三人の相談から、ふと気が逸れて。

レオは、ぽつりと問いかけた。

「……この子になにをしていたんだ？」

みんなにではなく、テロリストの魔導師にだ。

忘れていたわけではないのだが、いろいろあって失念していた。状況から考えるに、やはりテロリストはこの少女をあえて捕らえていたに違いない。目的があって。

その理由如何《いかん》によってはやはり、この子を放置すべきかどうか分からない。

自分が話しかけられるとは思っていなかったのだろう。魔導師もザップの締め上げの許す程度にだが驚いてみせた。

「どうして話すと思う」

そらとぼける魔導師に、ザップがまた凄《すご》んだ。

「組織も潰れてふんじばられて、これから尋問と監獄が待ち受けてるからだろ。てめえのしでかした手口と資金源に裏のコネと一切合切《いっさいがっさい》ゲロすることになるんだ。いま一個くらい言っとけば、不自由な余生をもっと面倒にすんのはよしてやる」

「それは不公平だな。わたしが見出《みいだ》した秘密は特大だ。引き換えに放免なら——いや」

はっと閃《ひらめ》いて目を輝かせる。

「手を組もうじゃないか。やり遂げられれば世界を獲れる」

「どぉぉぉも分かってねえようだな。うっすい口車に乗るかよ。言われんでも世界はジッリキで獲るしな」

「違う！　本当なんだ！　見込みはあった！　もう論理爆弾も、政府への要求も、まったくどうでもいいんだ。今ここで四肢《しし》をバラバラにしてくれてもいい。生かして、この千載一遇のチャンスにもう一度挑ませてくれるなら……！」

ただの命乞いにしては鬼気迫る物言いで魔導師はまくし立てる。

彼についてはザップに任せることにして、レオはなんとなくまたコンテナのほうをのぞいた。外箱はもうバラバラで原形もないが、中身にはそんなにダメージはない。元は論理爆弾用だった演算機は堕落王を外した時のそのままだった。

そのまま……

「ん？」

コンテナに近づいて気づいた。

「停まってないのか」

単に通電しているだけなら不思議はないが。

ファンがうなりを上げて熱風をかき回している。コンテナ全体が熱を持つほど演算機がフル稼働している。

なにか悪寒がした。

見えたわけではないが。この街で生きてきた経験がレオを跳《と》び退《の》かせた。

「これ！　電源を――」

同じく異変を察したツェッドが、演算機からつながっている電源ケーブルを切断する。

ザップは魔導師を遠くに蹴り出し、さらにレオの腕を摑《つか》んで引き寄せた。

分断する空間の中を、レオは一瞬だけ彷徨《さまよ》った。

ほんの数十センチ、いや光年より遥か遠く。それを同時に体感する。

光も音も、直感すらも直進できない歪みの向こう側でコンテナと電算式呪術儀式具がティッシュのようにくしゃっと丸められ、消えた。

排水溝に水を流し込むのと同じだ。ミクロレベルの小さな穴に一気に吸われ、そしてもう二度と還ってこない。この宇宙の一部が永遠に消失した。

入れ替わりに現出するものが倉庫を踏み潰す。

それこそ本当にドールハウス程度に。呆気《あっけ》なくただのひと踏みで壊滅した。ザップがずたぼろに切り刻んで脆《もろ》くなっていたのは確かだ。だがそんなことは関係なかったろう。この怪物の質量にしてみれば。

それは巨大だった。小山ほどもある黒々とした威容《いよう》。振り仰いで逆に、下から目がくらむというほどの存在感だ。亀に似ているだろうか。体長の半分ほどは首と頭部が占める。

とりわけ、ほとんどが口だ。牙もない滑《なめ》らかな口腔《こうくう》がだらしなく開いている。

知能はあるのだろうか。知恵は必要だろうか？　こんな明々白々に強大な存在に。あったとすればなにを思うのだろう。怪物の皮膚と重さは永い時を生きてきたことを感じさせた。この存在についてなにも知らなくとも、これがなにかを分からずにいられない。ひと目で恐れられ、忌《い》み嫌われ、崇《あが》められてもきただろう。そしてきっと、それを気にせず蹂《じゅう》躙《りん》してきただろう。彼にとってはただの寝返りか、いびきでしかない大破局で。

レオは戦慄した。

神性存在を見たのは初めてではない。そもそもこの街に来ることになった発端がそうだったし、ヘルサレムズ・ロットでは軽はずみな者や思慮深い者がめいめいの意図でこうした存在と取引する。

それだけに怖かった。怖さを知ってしまっていた。身体が竦《すく》む。理性が飛ぶ。

「は、は……ははは。うまくいっていたんだな」

魔導師の声で、我に返った。

男はそびえ立つ怪獣を見上げ、もはやその下にあったアジトの残骸など記憶にも残っていないようだった。自分はまだ拘束されたままなのだがそれも忘れて、壊れたように笑いだす。

「出た……本当に、あったんだ！　こんな力が！　真名《まな》も使わず、贄《にえ》もなく、アークデビル……豪魔……惑星喰い《テライーター》を呼び寄せ、服従させる術式が！　実在していた！」

「てめえ、なにをやった！」

「見れば分かるだろう。分からないか？　あれがなにか！」

もう、摑みかかったザップのことも恐れていない。なにもかもどうでもいい、という魔導師の言葉をレオは思い起こしてぞっとしていた。魔導師は本気だ。

「王だ。わたしは王になったんだ。手が届いた。王だ！」

ザップを無視して肩越しに首を伸ばす。

魔導師が睨みつけたのは、チェインが抱えて避難させていた少女堕落王だった。

「堕落王！　伝説に語られる、貴様が呼び出し得る最大級の邪王だぞ！　それが晴れて我が物となった。祝福！　同化を感じる。わたしはあれで、あれはわたしだ」

ぶち、ぶちと。

魔導師の身体が膨れ上がり、ザップの血法の縛りを軽くちぎった。

「お、おい……」

引きつるザップに対し、魔導師は今や上背《うわぜい》も頭一つ以上高くなり、嬲《なぶ》るように睥睨《へいげい》した。

「失《う》せろ、非力《ひりき》」

「うおっ!?」

腕どころか胸板だけでザップを弾き飛ばす。

変化は体格だけでは済まず、魔導師は強靭化した肉に骨もひしゃげ、人ならざる姿へと堕《だ》していく。

「素晴らしいぞ。わたしは今、覇権の一柱《ひとはしら》に身を連ね、真の破壊者に――」

「真の？」

唐突に、少女が口走った。

ぴたりと魔導師の高笑いが止まる。

魔法の呪文でもなんでもない、力もあるわけではない少女のつぶやきに魔導師が反応してしまったのは、彼女の声に絶対あるはずのないものが含まれていたからだ。

心底からの嘲弄《ちょうろう》だった。

「愚陋《ぐろう》の分際《ぶんざい》に真なるものがどうして分かる？」

「ソレは
我が
王だカラだ」

魔導師が絞り出した声はもう元の声音ではない。複数の声を同時に発声していた。喉もひとつではなくなっているのだろう。

聞き取りづらいことこの上ないのだが、少女は普通に会話していた。

大怪獣に脇目をくれて、つまらなそうに言い捨てる。

「テライーターとは片腹痛い。あれは雛《ひな》だ。しかもその半身程度だ。せいぜいブルックリンを吸い込んだところで腹いっぱいさ」

「いや十分だろ」

地面にこすれて血だらけのザップがつぶやく。無視されたが。

「本物が見たいと？　本物なるものが如何《いか》か夢にも想像できんウジ虫が。どうせつまらん一生、ひとつくらいは願いを叶えてやろう」

そう言って少女堕落王は……

ポケットから電球を取り出して。

口にくわえようとして、横からチェインに取り上げられ捨てられる。

（あ。そうだった）

レオは思い出した。

（堕落王がこういう時言いそうなことを言うだけのただの人なんだ）

つい見入ってしまったが、まったくの無駄な時間だった。いつまでも付き合って聞いていたのはレオと魔導師だけだったかもしれない。ザップもツェッドも、突然訪れた窮地に退路を探している。

大きくしくじった。これで世界が終わるかもしれない——毎日毎時思わされることではあるが。

チェインの捨てた電球が地面に落ちて割れる。

そしてまた空間が壊れた。

今度は、レオたちからはやや離れた場所だ。テライーターの向こう側。化け物の巨体が立ちふさがっていてもそれは容易に見て取れた。何故ならさらに上回る規模だったからだ。

二体目の同じ怪物がそこに出現した。

同じだが大きさが違う。一体目を明らかに上回ってでかい。

そんなものがあるだけで地面が沈み込んでいきそうだ。実際、怪物二体が動いてもいないのに地面が鳴動している。触れていないビルが怪物に向かって倒れていく。体重だけで地形を変えてしまっている。

「なんで……？」

わけが分からない。

少女堕落王がやったのか。

見ると彼女はチェインに抱えられたまま得意げにポーズを取っている。

「なかなかつまらんことになってるじゃないか、ヘルサレムズ・ロットの諸君。警告を与えよう」

声がした。

すぐ分かる。堕落王だ。しかし少女の声ではない。

聞こえてきたのはポケットの中だった。レオはスマホを取り出した。画面がジャックされ、堕落王が大写しになっている。

もちろんレオのスマホだけを狙ってしゃべっているわけではない。街中の通信網、モニターを占拠して大々的に退屈しのぎの宣言を始める、いつものやり口だ。

画面の堕落王が語る。

「僕のゲームに便乗する奴がいた。しかも無粋《ぶすい》な介入だ。この怪物は——まあこれが見えてないという奴もいないだろうが——くだらん馬鹿者が呼び出した。手口については、聞かないと分からないような奴にはそもそも手の届かない話だから、気にせず素朴な日課にでももどってくれ。冷蔵庫の整理とか、切手集めとか。えーと、なんの話だったっけ」

なにかを見失った堕落王が虚空を見上げた。

「あ、そうだ。つまりこういうことだよ。無粋だ」

その糾弾に魔導師は反応していない。二体目のテライーターの出現ですっかり度を失って立ち尽くしている。

堕落王は芝居がかった仕草で頭を抱えてみせた。

「僕はこう言ったな？　《普通》になってみたいと。小さな願いじゃないか。それを邪魔するのか？　しかもその理由が、僕のようになりたいだって？　皮肉にもならん。愚昧《ぐまい》、蒙昧《もうまい》、曖昧《あいまい》、この草昧《そうまい》時代を埋め尽くす愚鈍の群れ。嫌になる」

（堕落王、屋外にいる？）

画面の背景が空だった。合成ではない。

はっと見上げる。堕落王が立っているのは、二体目のテライーターの頭の上だ。

堕落王フェムトがなんなのか、分かることは少ない。

千年生きているとか、そもそも悪神かなにかなのではないかとか。

ライブラのメンバーはもう少しなにか知っているのかもしれない。しかしレオが知る堕落王の要素はひとつだけだった。「怪人」だ。

こうした映像は毎週のようにバラまかれているが、実際に姿を現すことは多くない。それがほんの数百メートルほど先にいる。ほんのといっても、そこまでには二体の怪獣が挟まっているわけだが。

レオはなんとなく想像した。堕落王が今見ているものはなんだろうかと。

巨大悪魔の頭の上から見渡すこのヘルサレムズ・ロットを。

怪人の胸中は計り知れないが、なんにしろ堕落王は嘆息し、問いただした。

距離があるので直接の声は聞こえない。話が聞けるのはスマホからだ。

「なにより我慢ならんのは、とんだ的外れがあることだ。我慢ならず添削に来てしまったよ。なにが僕の最大だって？」

と、堕落王は右手を閉じるとまた開いた。手品のようにそこに古風な銃が現れる。コルトSAAだ。少なくとも見た目は。

堕落王はやる気もない態度でその引き金を引いた。まず大きいほうのテライーターに風穴を開けて木端微塵《こつぱみじん》に破壊すると、そのまま小さい（小さい？）ほうも同じく粉砕した。

巨大生物二体をあっという間に殺して姿を消した。

テライーターはそれぞれ、白い粉になって散った……灰かとレオは思ったが。雪のようにふわふわと降り積もる白いものを掌《てのひら》に受けて、塩だと分かった。跡も残さず消失した怪物の、ほんの名残だ。

めまいを覚えた。レオは倒れないようバランスを取って、どうにかこの状況を受け入れようとした。街を滅ぼすレベルの脅威ふたつが降ってわいたと思ったら、途端《とたん》に始末されてしまった。ただそれだけだ。

（俺には分からないけど）

超常の存在のすることなど分かるものか。

その堕落王ももういなかった。スマホの画面で語る映像だけが流れている。

「蟻の巣箱。あれは残酷な玩具だろう」

これも唐突に、堕落王はそんな話をしていた。

「だけど、なにが最も残酷か？　その小さき世界を覗くのはかまわないが、そこにいる者たちに気づかせてはならない。彼らが知ってしまってはいけないからだ。自分たちの世界を左右するほどの圧倒的巨大な力の存在を」

消えたものはもうひとつあった。

降りしきる塩の雪に既に埋もれかけていたが、魔導師も身体を萎《しぼ》ませてウシガエルくらいの大きさになっていた。こと切れている。同化していたとかいうテライーターが死んだせいか。

映像は結びにこう言い残した。

「そう。知るべきではないんだよ」

夜になるまで軽い吐き気と、きっとストレスのせいなのだろう歯痛が治まらなかった。

「知恵熱みてえなもんだろ」

というザップに、ツェッドが指摘する。

「それありふれた誤用ですね。正しくは――」

ふたりの言い争いをほうっておくのはいつものことだが、今夜は単にレオの気力がついていかなかった。あまりに多くのことが目まぐるしく起こり過ぎて気持ちがまとまらない。身体は疲れ切っているのに神経だけが昂《たかぶ》っていた。

ライブラ本部のいつものミーティングルームで、ザップ、ツェッド、レオの三人はめいめいソファーに陣取り、機密処置された備品のＰＣで書類をタイプしていた。今日の件について報告書を作っている。一番正確な報告書はチェインが提出するだろうが、彼女の所属は人狼局で、ザップやレオのほうからも一応のレポートは出さないとならない。

他のメンバーはまだオフィスにもどっていない。ブゴゲラダダス将軍のことが片付いていないらしかった。

「……ありふれてるんですね」

レオは数分前から吐き気に耐えきれず、ソファーに横になっていた。

つぶやきにツェッドが、ええ、と同意する。

「呼称のせいもありますね。知恵熱というのは――」

「あ、いや。世界滅亡の危機がです」

「ああ」

「今日だけで何回滅びそうだったんだか……しかも他の人の担当案件だって危機度変わらないですし」

「毎度のこったろ。商売繁盛ってことだ」

「儲かってないじゃないですか」

「そりゃーそうだな」

ザップもツェッドも生返事だ。書類のほうに頭がいっている。

「あ」

ふと思い出したようにザップが口惜しがった。

「ラーキン食いそこねた。踏んだり蹴ったりだな。ったく」

レオも起き上がって仕事を再開した。

今日の出来事、作戦を変更するに至った経緯、それぞれの役割と失敗……変に示し合わせればスティーブンにすぐ見抜かれるので、個々人がきちんとまとめなければならない。組織はこれをのちの研究資料にもするし、もし類似の事件があれば過去の情報の質ひとつで任務の成否にかかわることもある。他人事《ひとごと》ではないのでザップですらこういうことには手を抜かない。

報告書に堕落王の映像をつけて、レオの作業は終わった。が、電源を落とす前にもう一度再生してみる。

演説の途中でレオはつぶやいた。

「堕落王をするのってどんな気持ちなんでしょうね」

「なんだよ、そりゃ」

怪人がなにを考えているのか、なんて話はいかにも滑稽《こっけい》だとばかり、ザップには一蹴された。

それはそうだろうとレオも思う。それが分からないからこその怪人だ。しかし。

「あの蟻の巣箱の話、耳に残って」

「奴《やっこ》さんらしい、高慢ちきってだけだろ」

「そうでしょうか」

画面の堕落王の顔を見据えて、レオは言った。

「蟻のほうかも。堕落王は」

「…………」

カタカタと乾いたキータッチの音だけで流されたかと思えたが。

少ししてザップがつぶやいた。

「おセンチすぎるだろよ」

「すみませんね」

「ああいう輩《やから》を人間に近いところもあるモンだと思って見るんじゃねえよ。言ったことは言ったまんんま、裏の意味なんてありゃしねえ」

「なんでですか?」

「だからそんなもん、平凡におセンチすぎるからだってんだよ」

他には言葉もなく、この一日は終わった。

4
For a week.

（街は平穏だった）

GOOD AS GOOD MAN

それから一週間ほど街《まち》は平穏だった。

核融合爆弾が行方不明になるという事件はあったが爆破も食い止め、回収された。あまりにスムーズに解決しすぎてかえってみんな疑心暗鬼になったほどだ。

その他、時代遅れのテロリストが一発逆転の武器を求めてヘルサレムズ・ロットを訪れることなど珍しくもなく、人々はもう〝神のくしゃみ〟のことも、大怪獣の出現も忘れていった。偽堕落王《にせだらくおう》の数はまだ増えていたのだろう。しかし直接的な破局が日参してくる中、ライブラ対応の優先順位も上がらなかった。

あまり使われてはいないが、ライブラのオフィスには「個室」と呼ばれる部屋がある。

安ホテルの客室ほどにも広くない。トイレよりは広い。壁にくっつけられたデスクと椅子《す》が一脚。ＰＣが一台。コンセントはひとつだけなので分配機があると便利だ。

なにをすると決まった場所でもなかった。個別のデスクがないスタッフが、ちょっとした作業をする時のため用意してある。構成員が頻繁に入れ替わることが想定されているせいだろう——本来、そんなに長生きできる職場と思われていないのだ。

　実際、こんなことはあった。

　先々週、新たな構成員としてやってきたその男の名は、ギルヴィン・ヴィ・ヴァヴヴィヴィ三世。文武を極め、流れるような黄金《こがね》色の髪、パールのような白い肌、左目は煌《きら》めく桔梗《ききょう》色、右目は昏《くら》い茜《あかね》色、怒りとともに浮かび上がる額のローズゴールドの緋紋《ひもん》、さらに覚醒時に放たれる黒き死の色のオーラ。等々、主に顔面上に色情報が錯綜するハイパー美麗、超級ドラゴンハンターにして著作多数のカリスマ主夫で良質のキノコがよく採《と》れる山林王だそうだ。巨大透明ロボと合体して放つプラズモニクスガイガンティックドリルが必殺技だと資料にあるけれど実際見た人はいないらしい。透明だから。

　牙《きば》狩りがどこかで見つけて雇ったとか。理由は分からないが（いや、分かるけど）満場一致でヘルサレムズ・ロット派遣が決定されたのだそうだ。

　本部に入ってくるなり開口一番「この組織のぬるさはなんだ！」と説教を始めた。

「全世界の秩序と破滅とを争う最前線であることを自覚しているのか！　平穏に妥協などはない！　新リーダーとしてすべて叩き直してやる！　まずはそこの無駄に縦長のヒョロガリ女！　貴様の人生はたった今終わり、これから新たな人生を摑《つか》む！　さあ言え。生まれ変わると自ら言え！」

　引くくらいシカトされたのは別にいいとして、その後。

「地獄は明日からだ！　覚悟しておけ。安眠できる最後の夜だ！」

と、いったん宿に帰ることにしたようなのだが。

途中、近所のドラッグストアでスムージーの新ラインナップ、この街にしかない異次元レインボートキメキ味を試そうとしたらしい。よせばいいのに店員にも横柄な態度を取って、見えないところで唾を入れられた。

結果、唾液に含まれていたノコギリマイマイの卵が体内に入り、脳を食い荒らす幼虫に自我を乗っ取られ、半日後には動く屍《しかばね》になって路地を徘徊していた。今週は三度見た。挨拶したところ「ガグゴゴギ、グゲゲゲゲ」と無駄に濁音だけの言語を発したのち、壁のコケを舐める日課にもどっていった。医者によると、マイマイが成虫になって尻から出ていけばあとは一年程度のリハビリで日常生活にもどれるという話だ。

結局、この街で暮らすというのはこういうことなのだろう。

（いや、こういうことでもないのかな……）

と思わないでもなかったが。

次の瞬間になにが起こるか分からない街で、ひとつの出来事にこだわる意味などない。

のだが――

「よぉ」

個室のドアがいきなり開いた。

一応鍵はかかっていたはずなのだが。単純な内締錠《うちじまりじょう》だけなのでザップにかかれば暖簾《のれん》と変わらない。

「おめーまたここにこもってんのか。エロか？　エロいの見てるわけだよな？」

「違います」

まったく信じずに部屋の隅々まで見て回るザップにレオは言った。

「これですよ」

ＰＣの画面には動画が再生されていた。

映っているのは堕落王だ。ザップはしばらく真剣な顔で考え込んだ。

「どこがエロいんだ？」

「だからエロくないんですって」

「動画なのにか？」

「もう概念から理解できないなら別にいいんですけど」

堕落王は画面の中で、いつものように街を混沌に陥《おとしい》れる宣言をしていたところだった。

三週間ほど前の映像だ。

「いいことを思いついた、楽しい世界を作ってみようって言いだして、今度の量産堕落王が出現し始めたんですよね」

レオは動画を停止した。

堕落王が芝居がかったポーズを取った場面で。

停止した画面の中の堕落王はもちろんただの画像でしかないが、それでもなにをしでかすか分からないように見える。

「なーんか引っかかるんです」

再生しないままレオは画面を閉じた。

ザップはこの話に既《すで》に飽きているのか、呆《あき》れたように天を仰いだ。

「どうにも陰気な諜報部《ちょうほうぶ》みてえなことしてんなあ」

さらに、にょこっと入り口にツェッドが顔だけのぞかせた。三人目が入ってくるには部屋が狭すぎる。外で待っているつもりだったのだろうがザップの口にした単語に反応したようだった。

「生兵法《なまびょうほう》で情報分析をするのはお勧めしませんね。陰謀論のもとです」

「いや、そんな大層なつもりでもないんですけど」

もちろんライブラ、さらに牙狩りの他の部署にも証拠や報告書から専門的に情報解析をする一流のスタッフがいる。素人《しろうと》が口を出す分野ではない。その専門家たちが現状、今度の堕落王の行動は悪質ではあるが通り魔的犯行の域を出ず、リソースを割《さ》けないと判断しているのだ。レオもそれを覆《くつがえ》すつもりではなかった。ただ自分でも形の見えない気がかりを感じただけだ。

その引っ掛かりが喉を通らず、レオは続けた。

「情報っていえば追跡調査でも、誰も知らないんですね」

「ああん？」

「あの魔導師の名前です」

言われてもザップは本気で分からなかったようで、しばらく考え込んだ。ああ、と思い出してうなずく。

「魔導師ってやつは名前隠すしな」

「あの怪物も、もちろん堕落王も、彼のことは知らないんでしょうね」

「だろうな」

ザップはまた苛立《いらだ》ってしかめ面をした。

「……なに言いてえんだよ。またピューリッツァ狙いの感傷モノカキじゃあるまいし。テロリストどもの名前だっていちいち知らなかったろ。あそこじゃ百人からぶっ殺したし、その十倍がビルの下敷きだ」

「なにが言いたいっていうか、どう思えばいいのか分からないんすよ」

「ハーイ出たー。ブン投げヒトゴトのポエムー」

「とっとと『そうだねー』が言えない人めんどくさっす」

レオも言い返して嘆息する。

あの魔導師の死は、自業自得は自業自得なのだが。

王になったと歓喜していた名もなき彼の姿を覚えているのは自分だけなのかと、ふと不安になったのだ。

（これって確かに、他人事《ひとごと》の感傷か……）

それも図星ではある。

しかし物思いはそこまでだった。ザップとツェッドが連れ立ってここに来たのは暇つぶしではないと、レオも予想はしていた。

「とまれかくまれ出動だ。リオミヅェバゲェッフヅ劇場。魔方陣オーケストラがノリ過ぎてマジモンの妖怪呼び出しちまったってよ。実体化したやつはポリスのほうがあらかた掃除したが、うらっ返しの虚数座標は見つけようがねえ。出番だ」

「はい」

レオは席を立った。

部屋を出る前、ちらりとだけＰＣを振り向いた。とうに消えた画面に向かって。

「……逆に退屈ってどうできるのか訊きたいよ」


またさらに三日が過ぎた。

レオもすっかりまた新たな状況——まあ死にかけたり、死に損なったり、死んだほうがマシだったかもしれなかったりと、そんなようなことだ——にかまけていたのだが、なんの前触れもなくメールで呼び出された。スティーブン・Ａ・スターフェイズだ。

バイト中だったのだがシフトを替わってもらい、指示された場所にタクシーで向かった。到着する手前で気づいた。というのも、大規模に陥没して傾斜する道に差しかかったからだが。滑るビニールシートからずり落ちそうになる身体《からだ》を支えつつ思い出した。指定されたのはあの倉庫があった場所だ。

タクシーから降りる。敷地は封鎖されていたが警察の姿はない。どうせ組み替えられて別の場所に移動するか、わけの分からない異形の建物と入れ替えられてしまうことも多いので、警察も現場の保存にそれほど熱心ではない。今回は関係者が全員死んでいるので裁判が行われそうにないというせいもある。

周辺が壊滅状態なので通行人もない。物見遊山《ものみゆさん》の連中はいないでもないが、それも日が経っていたのでほとんど見かけなかった。封鎖テープにはとっくに中に入り込まれた痕跡がある。テープの破れたところからレオも中に入った。

倉庫の残骸も含めて一切合切《いっさいがっさい》ぺしゃんこなので、人を探すのも簡単だった。中央あたりに背の高い人影がある。スティーブンだった。

彼が日中に、こんな開けたところにひとりで立っているというのも珍しい気がした。この場所がヘルサレムズ・ロットに似つかわしくないほど空き地になってしまったので余計《よけい》にだ。倉庫は完全につぶれ、周辺の建物も背の高いものはあらかた崩れている。空が広いといつもの霧も薄く感じた。街でも多少珍しい規模の破壊が起こったことで、世界が平穏になったかのように見えるのはどこか皮肉だ。そしてそれが錯覚でしかないのはなおさら皮肉だった。

レオが近づいていく途中で当然、スティーブンは気づいた。彼が立っているのは倉庫の残骸の上だ。奇妙に感じたのは彼がガラス瓶を抱えていたことだった。ラベルはなにもないのでどこかで買ったとかではないようだ。見た目は果物を漬けた水のようだった。蓋《ふた》がないせいで横にはできず、持ちづらそうだ。

「すまなかったね。急に」

話しかけてくるスティーブンに、レオはうなずいた。

「はい」

「仕事と足代は立てかえるよ」

「いえ、それはいいんすけど。俺だけですか?」

レオは訊ねた。周りにはいつものメンバーはもとより、ライブラの調査員らしい姿も見当たらない。

　スティーブンは瓶を抱えたまま肩を竦《すく》めた。

「まだ本格的に動いている段階じゃないんだ。これは、このところの堕落王の件でね。君は気にしていたろう?」

「はい。興味本位ですけど。それで俺を?」

「そういうわけでもないけどね。でも理由を訊いていいかな」

　レオは思っていたままを答えた。

「気持ちが分からないなと」

「……気持ち?」

　返事が明らかに予想に反していたのだろう。スティーブンは呆気《あっけ》に取られたようだった。

「堕落王のってこと?」

「ええ、まあ」

「そうか……」

レオの気持ちこそ分からないという顔をして、スティーブンは話をもどした。

「実は僕も気になってはいたんだ」

と瓶を片手に持ち替え、空いた手で背後を指さす。

「レポートからすると実際の現場を目にしたのは君だけのようだけど、間違いないかな」

「現場？」

スティーブンの指した先を見ても、そこになにがあるわけでもない。まっ平らになった瓦礫《がれき》だけだ。

しかしなんとなく見覚えのある鋼鉄の色味が混ざっていた。コンテナの色だ。スティーブンはうなずいた。

「うん、稼働状態の電算機を見たはずだね」

「突入前にチェインさんも見ているはずです」

「彼女はのぞいただけで接触はしなかった」

「俺も、つながれてた堕落王を解放しただけですよ」

「その時の様子は？」

「報告で書いた通りです」

「改めて思い出すことは？」

会話が終わらないことで、レオは単純ではなさそうな意図を察した。もちろんスティーブンが世間話をするために人を呼び出すわけはない。話ならライブラのオフィスでもいいものを、わざわざ現場に出向かせたのは少しでも記憶を呼び覚ます一因になればということだろう。

となればこれは重要な問いなのか。レオは考えてから結局首を横に振った。

「特には。まあ……この有様ですし」

「そうか。そうだろうね」

あからさまな落胆──というのでもないが、スティーブンの声には嘆息が混じっていた。

「なにかあったんですか？」

レオの質問にスティーブンが答える。

「情報が得られてね。ただその信憑性を測りかねてる」

「信憑性ですか」

「にわかには信じがたい話でね。もし本当なら状況を解決できるかもしれない」

「えっ」

レオがきょとんとしている間に、スティーブンは瓶を持ち上げた。自分の目の高さに。

水に浮いているふやけた果実をじっと見据《みす》えてつぶやく。

急に、氷のように酷薄さを宿した声で。

「どうなんだ？　この曖昧《あいまい》さにはお前の命運がかかっている。もう少し奮闘してほしいものだな」

「そ、そうなんですか？」

狼狽《うろた》えるレオにスティーブンはきょとんとした。

「あ、君じゃないよ」

「は？」

「ケオリフ・ラーフブーテル。こいつだ」

スティーブンは恐らく、レオもとっくに気づいてると思っていたのだろう。

よく見れば分かることだったからだ。その瓶の中身が果物などでないのは。

赤い、半分溶けたなにかであるのは間違いない。その一番大きな塊《かたまり》に、埋もれかかった眼球があるのをレオは見て取った。

途端に、その物体が元はどういう形だったのか把握した。かなり崩れて瓶の中に拡散しているが人間の内臓だ。脈打って動いている。瓶に収まるくらいなので全体の量はかなり小さい。人形サイズだろう。

「それって」

レオの予感をスティーブンは肯定した。

「〝神のくしゃみ〟の魔導分野顧問、論理爆弾を拵《こしら》えた秘法算術師だ。十日ほど前にここで回収された」

「死んでなかった……?」

あの時には確かに死んでいた。

そして今のこの状態を生きていると呼べるかどうかも分からないが。とにかく瓶の中身は自ら蠢《うごめ》いている。機敏には動けないようだが。

見ているうちに、瓶の蓋がない理由が理解できた。水のようだった液体が盛り上がり、水飴状に緩やかに伸びると口から出てきた。その先を振って、なにかをアピールしている。

スティーブンのさっきの言葉に抗議しているようだった。

その反応を冷淡に眺めてスティーブンが続ける。

「というより半永久的に死ねなくなったようだ。よほどまずいものに紐づけられてしまったようだな。検体検査の最中に蘇生した。とはいえこの状態までしか回復しない。この液体も崩れた身体の成分だ」

これはレオに説明しているのと同時に、瓶の中に向けて突きつけてもいるのだろう。

　スティーブンは懐《ふところ》から一台のスマートフォンを取り出して、瓶の中身に見せつけた。

「少なくともこっちの話は聞けているようでありがたいよ。さて取引の最初として、これを提供する。処置済みだから術式は起動できない。ＳＩＭも抜いてある。文字を入力できるだけだ。それでも、なにか怪しい兆候があれば取引は停止する。瓶に蓋して、暗所にでも保管のうえ二度と、何者も貴様とは意思疎通しない。永遠に」

　瓶の口から出ている部位が引きつって震えた。震え上がったように見えた。

　それから躊躇《ためら》いながらもスマホの画面に先を触れさせた、画面が立ち上がると瓶の中にある臓器のほうまで打ち震えたようだった。部位を鞭のようにくねらせ、必死に操作を始める。快感にのたうっているようでもある。

「あまり急がなくていい。その腕がちぎれたらまた生えるのに時間がかかるだろう」

　魔導師の動きが落ち着いたのはスティーブンの忠告を聞きいれたというより、そもそも動くだけでかなり消耗するのだろう。ミスも多く、ひとつのセンテンスを入れるのに一分近く要した。

　画面に表示されたテキストをレオも読み取った。

「交換条件、間違いないな？」

　スティーブンは静かに答えた。

「ああ。協力すればお前を完全に滅ぼす手段を探す。仮に見つけられなくとも最低限、時間を感じることのない状態に封滅する」

魔導師ケオリフは新たな一文を入力した。一文といっても同じ数語の繰り返しだ。

「ありがとう。ありがとう。ありがとう……」

もちろんテキストにも、そして臓物《ぞうもつ》にも表現できる感情などないが、ふらふらと入力を続ける腕の動きは嗚咽《おえつ》を感じさせた。

あまり見たことのなかったスティーブンの苛烈な言いようにレオは面食らい、つい気圧《けお》されていた。この交渉というのが要請というより脅迫のように感じられ困惑もしていたが、当人がこうも感激しているようだと口を挟みづらい。

もっとも、ここはヘルサレムズ・ロットであり、忘れようもないことだが世界の危機を目前にすれば虐殺も厭《いと》わないのがライブラの一側面だ。脅迫や拷問だけは避けるというのもあり得ない。スティーブンの申し出は単に合理的であるのかもしれない。常識が変わるということは、こんなことも転換させてしまう——大崩落で顕《あらわ》れた世界の深部と同様に、これもただ人の目から隠されながら存在していただけなのかもしれないが。

はたと、スティーブンが横目で自分を見ていることにレオは気づいて、ぎくりとした。傷のある側の横顔で見据えられ、それまでなにを考えていたのか見失いかける。

「彼の発言に注意して、自分の記憶と違和感があったら警告して」

「は、はい」

「では問う。ケオリフ、お前の企《くわだ》てがなんだったか話せ。方法まで詳細に」


「さて」

尋問を終えたスティーブンが招集をかけ、本部にメンバーがそろったのは夜になってからだった。

あの現場からレオが帰されたのは日が暮れる前。そこから二時間足らずでスティーブンは情報をまとめ、技術者や諜報員と精査までこなしたことになる。フットワークの速さもあるが、この案件の優先度が急に上がったことも示していた。

ミーティングルームに集まったのは、スティーブンはまず当然として。

そしてクラウス。ライブラの指揮者として最後の決定は彼が行う。話の内容は既に把握しているのだろう。厳しい面持《おもも》ちで臨んでいた。もっとも厳ついのはいつものことだが……

少し離れた窓の脇に立って部屋を眺めるようにしているのはK・Kだ。彼女がいつも全体を把握する立ち位置を取りたがることにレオは気づいていた。別に戦闘態勢ではないだろうが狙撃手の習性なのかもしれない。

並んでソファーに腰掛けているのはザップとツェッド。このふたりはまあこのふたりだ。

これで全員だった。このミーティングがなんなのかをまだ知らないのはK・Kとザップ、ツェッドの三人か。レオは大体《だいたい》知っていたが、スティーブンがどんな結論を出したのかまでは分からない。

部屋を見回してから間を置かずにスティーブンは口火を切った。

「集まってもらったのは、堕落王と先週の〝神のくしゃみ〟についてだ」

「俺ちゃんが大活躍の」

真顔できっぱりと強調してザップが言う。みんな流したが。

スティーブンはデスクの上のモニターをぐるりと回してみんなに見えるようにした。そこには例の瓶の画像が表示されている。

「魔導師ケオリフ。追いつめられて苦し紛れに神性存在に接続して、今はこの容態だ」

室内の誰も驚かない。さほど気にもしない。失敗した魔導師など見慣れているのだろう。

スティーブンもそのまま続けた。

「彼は明らかに実力に不相応な術を実行した。その触媒に使用されていたのが、このところ街に出没している……報告書を引用すると『堕落王の人格に憑依《ひょうい》された一般人』だ」

含みを持たせた言い回しをしてから咳払いした。

「これまで、この偽の堕落王は無害な存在だと思われていた。彼らから堕落王の知識などを引き出すことは不可能だと。しかしケオリフは成功した」

「不完全でしたがね」

と、ザップ。

スティーブンもそれは認めたが、首を振った。

「本物の堕落王には及ばなかった。しかし、もし本物が出てこなければ街はどうなった？」

「…………」

さすがにザップも反論しない。代わりに別の質問を返した。

「あれは本当に堕落王の力なんすか？　魔導師の言うことなんていちいち真に受けてもしようもないんじゃ」

「裏取りはしているよ。現場に残された、厚さ二ミリ程に圧縮された演算機を解析した」

「……根本的にどうやったんすか」

「情報を甘く見ないことだ。強い企みであるほどそうそう揮発できない」

改めてスティーブンは説明を進める。

「ケオリフは偽の堕落王を使って堕落王当人に逆アクセスを試みようとしていた。作っていた術式にその形跡がある」

「逆アクセスって？」

これを訊いたのはそれまで黙っていたK・Kだ。スティーブンはうなずくと同時に、難しげに顔をしかめた。

「人格とはなんぞや、という話にもなってくるんだが」

モニターの画像を切り替える。次に表示されたのはあの少女の堕落王だった。この本部とは別のライブラの施設に収容され、検査を受けている。

「報告書に『被害者には堕落王の人格が憑依している』と書いたのは情報員で、医者でもないし呪術師でもない」

「うん」

「人と人の人格が入れ替わるというのは、映画やらドラマにもよくあるネタだが。観客はどうして疑問に思わないのか説明できるか？」

「説明？」

急に疑問を投げられてK・Kは困惑したようだった。映画などと話が飛んだせいもあるだろう。

スティーブンが自分で答えた。

「もちろん、客はなんとなくで把握しているからだ。フィクションだからね。人格の素になる魂のようなものがあって自我や人格はそれに伴っている。それがふわっと入れ替わる世界なんだろうというような」

「はあ」

ぼんやりうめくK・Kの顔にのぞいていたのは「あんたがTVなんか見るの？　キモい？　死ぬの？」だったが。

しかしスティーブンが要点を述べるとみんな黙り込んだ。

「科学的に説明を足す場合があっても、結局根本は変わらない。ファンタジーだ。では現実で考えてみよう。さて、魂なるものは実在するんだろうか」

「…………」

ここヘルサレムズ・ロットの現実は常に変容する。してきた。

地形すらあてにならない。昨日ないと思っていた可能性が明日もないとは限らない。それでも難問はある。

「これまで呆《あき》れるほどの魔導や術を見せられてもだ。分からないことは山ほどある。はっきりしているのは崩落以前と同じ——人格は飽くまで脳神経の反射による統合的なパターンだってことだ。では『堕落王の人格が憑依する』とはどんな現象だ？　被害者の脳に外科的な変質は見られない。つまり堕落王の人格なるものは外部から被害者を操っている」

　スティーブンは淀みもなく滔々《とうとう》と続けていった。

「量子もつれ……いや、ボースアインシュタイン観念凝縮体とでもいうのか。一種のテレポート的同調だ。空間をいじるのではなく確率論的に情報を合わせている。もちろん神性存在レベルの操作だが。まさに神に賽子《さいころ》を振らせているわけだ」

　そこで言葉を切って、一同を見回した。

　とりわけ、目を見開いて脂汗《あぶらあせ》を浮かべ震えだしているザップを見据えてこう告げた。

「万が一、ここまでで分からないことがあったなら申し出てくれ」

「万、が、一」

　繰り返すザップをよそに、K・Kが問い詰める。

「はっきり言ってよ。結局魂じゃなくて量子論みたいなもんでつながってるんだとして、それがなんなの？　いつも通りフェムトのゲームに付き合えばいいってことなんじゃないの？」

「どのゲームに？」

「…………」

スティーブンに訊き返されて、K・Kが眉根を寄せる。

そのままスティーブンはうなずいた。

「そうなんだ。堕落王はこのゲームで勝負を挑んでない」

「いつもとは勝手が違う？」

「こちらから仕掛けないと事態の悪化を防げない」

「……悪化するの？」

「説明するよ。ちょっとややこしい話になるけど」

とつぶやくスティーブンに、ザップがこっそり口を「もっとかよ」と動かしているのをレオは気づいた。

スティーブンも気づいていたかもしれないが——いや、気づいていただろうが、なんにしろ無視して話を続ける。

「理屈はともかく重要なのは、同調している以上、偽の堕落王たちはスタンドアローンじゃないってことだ。つまりその魔導的なつながりをたどって本物の堕落王の情報を逆支配できる可能性もある」

「そんな簡単な話ですかね」

懐疑的なザップにスティーブンが答える。

「本来はできっこない。でも堕落王が自らセキュリティの穴を作ってるんだから話は違ってくる。自信の現れなのか、無頓着《むとんちゃく》なのか分からないが」

（あえてそうしたい時もあるのかも）

と、レオは思い浮かべたが、発言はしなかった。またザップに鼻で笑われるだけだろう……あるいはザップだけでもなく。

スティーブンの話に意識をもどす。

「人格には機能的な宿命がある。人格が働いている以上、脳は新たな記憶や感情を受容している。つまり強烈な刺激を受ければトラウマにもなるし、鬱《うつ》にもなる。この本質的な構造を防いだらそもそも人格が成り立たない。ああいう男だから人並み以上に図太くはあるだろう。でもその構造そのものに対して、明らかに個人のレベルを超えた攻撃を受ければ……」

「どんな攻撃よ」

K・Kの表情には警戒が見える。答えを予感しているように。

スティーブンはゆっくり答えた。

「論理爆弾だ。ケオリフはこの理屈でセキュリティを崩して、堕落王の術を盗もうとした。さらに応用すれば、堕落王のこの……なんていうのかな、クラウド人格網を無効化できるかもしれない」

「……非効率ね。人格を奪われている人たちを元にもどすのに異存はないけど、何千万と死滅させられる大量破壊兵器をうちが製造するの？」

「費用がかさむね」

「そういう問題じゃないでしょ」

かぶりを振るK・Kに、スティーブンは愛想笑いで応じた。

「尺の合ってない話に思えるだろうけど、さっき言った事態の悪化というのがあるんだ。最大の問題は、この仕掛けに気づいたのがケオリフひとりじゃないだろうってことだよ。放置すればまたどこかの野心を持った魔道師が、堕落王の知識と力を手に入れるかもしれない。それはなにをおいても防がないと」

スティーブンはモニターをまた回した。話はおおむね終わったのだろう。あとは最終決定を待つだけだ。

ずっと押し黙っているクラウスに目を向けて言い足した。

「そんな奴が大勢いるかどうか分からないが、ひとりいれば十分にまずい。それこそ破壊兵器以上に危険だ」

これで本当に話が出尽くした。

全員の目がクラウスに向かう。

彼はライブラの要《かなめ》というだけではない。精神そのものだと、必ずこんな時には感じる。

彼がなにを考えているのかは分からなくとも決断が理解できなかったことはない。それがどれほど非情で、非道ですらあったとしてもだ。

「確率で割り出すには難問だ……」

囁《ささや》くようにクラウスはつぶやいた。

顔の前で組み合わせた指に注ぎ込むような静かな声音。

しかし憐憫《れんびん》はない。だから結論はもう見えていた。

「ならば我々が担うべきだろう」

その言葉と同時に、停まっていたメンバーが動き出す。

「手配を始める」

「論理爆弾の製造は？　規模と仕掛ける場所の候補も」

「嗅《か》ぎつけて邪魔してきそうな輩《やから》を狩っておかねえと」

「リストは使い回せますね。要は一定以上の力と暇を持った魔道犯罪者ですから」

「そこから協力者も探せ。爆弾の規模は最大級だ。我々だけの手に負えない」

わいわいと手早く役割が埋まっていく。

そしてまったくもって陳腐に足せば。
その結果は予想外のものだった。

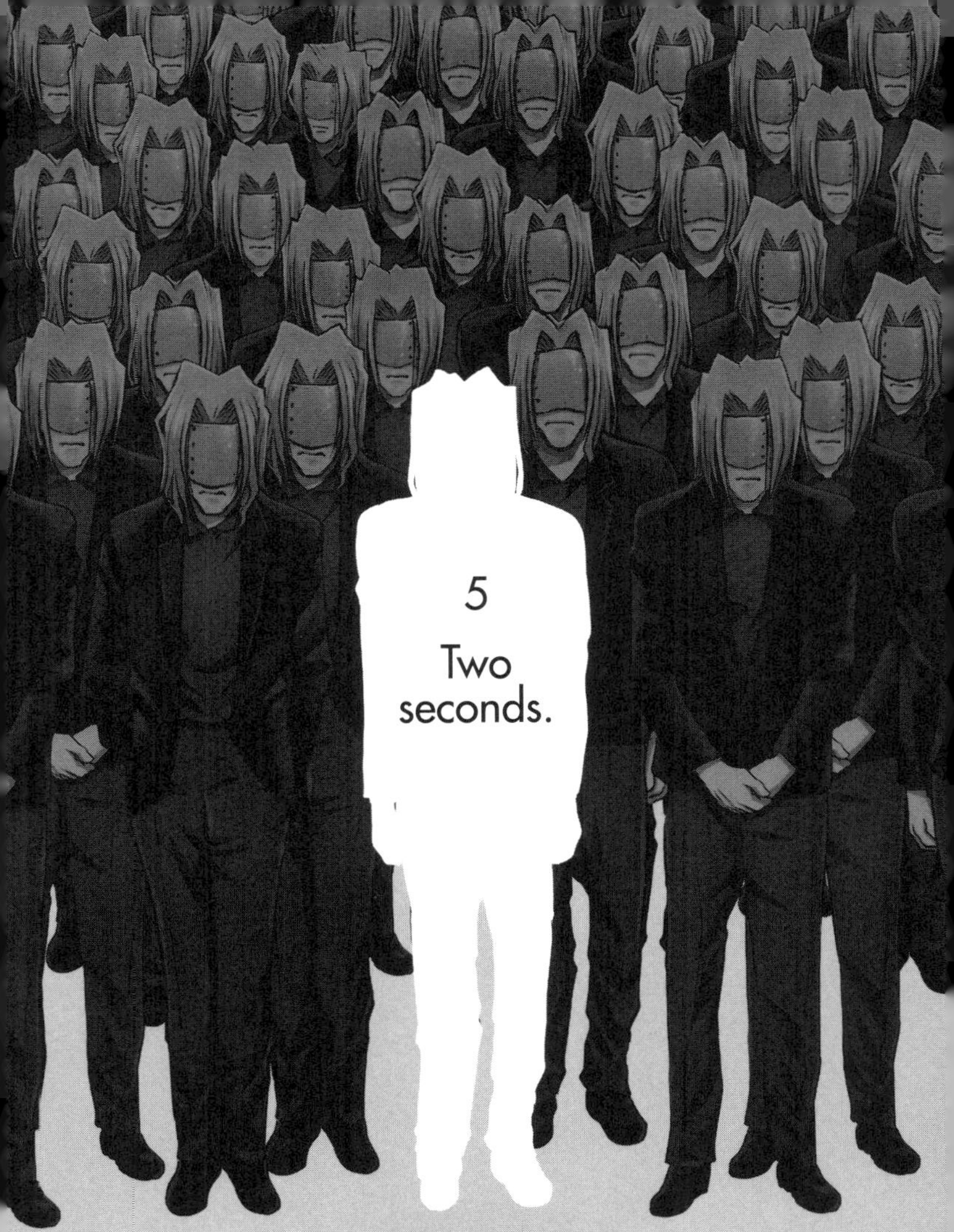

（さすがに気の利いたことはできない）

GOOD AS GOOD MAN

変わり果てた堕落王《だらくおう》がライブラの前に初めて姿を現したのは、計画の実行から三日が経ってのことだった。

その時レオがなにをしていたのかというと、やはりまた世界の危機の瀬戸際《せとぎわ》にいた。

「うわわわわわああああああ!」

「おい、落ち着け糸目! ヤケになるな!」

「そうですレオ君。自分がなにをしているのか思い出して!」

真っ青になった(一方は元から)ザップとツェッドのふたりが、広くはない店内でぎりぎり壁まで下がって声をあげている。

「分かってますよ! 分かってますけど……これ本当にこれ以外に手はないんですか!?」

と叫んだつもりではあるのだが、口から出た言葉はほとんど意味を成していなかった。

店からはもう店員も逃げ出し、レオとザップとツェッドの三人しか残っていない。場末のピザチェーン店だ。中央にあるテーブルに積まれたデスソースの瓶一ダースを、レオは先ほどから一本一本開けて飲んでいる。

とはいえまだ二本目なのだが。どうにか空《から》になった瓶を投げ捨てて、レオは椅子《いす》を蹴り床を叩いてわめき散らした。のだが。

「……なんて言ったんだあいつ。怖《こわ》」

「既知《きち》の言語ではイエティ語に最も近かったですが」

「まさかこんな時にウッホウッホホ系で辞世《じせい》の句《く》を詠《よ》んだってのか？　あるかそれ」

「ねえよ！」

テーブルを叩いてレオは怒鳴《どな》った。やはり通じないが。

「とぼけてないで交代してください！　もう限界！　マジ限界っす！」

「今のは翻訳できるか？」

「分かりません。野人の言語は不得手で……」

「そうかー。じゃ仕方ないな。とりあえず言ったままを墓碑には刻んどこうぜ。えーと『ウッホホヘホホバナナ美味い』」

「よーし、いい度胸だクソムシども。ホントに聞き取れてないんだな。じゃあ言うぞ。死ぬ前に言いたいこと全部ぶちまけてやる。××の×××が×××——」

実際腫《は》れあがった口から出たのは、本当にイエティにしか通じそうにない吠え声だけだった。

到底《とうてい》世間に出せない禁止語句のストックも尽き、髪を掻《か》き毟《むし》るだけ掻き毟って泣きながら次の瓶を手に取る。三本目。

なにも遊びでやっているわけではない。簡単に言えばこの十二本の強力タバスコ瓶の中には偽装された中和薬が一本だけある。外観、そして仮に中身を解析してもほぼ判別はつかない。ヘルサレムズ・ロットから持ち出さんとして製造されただけに極めて精巧だ。味でも分からない。つまりこの十二本から一本だけの中和薬を服用しようということになれば、全部飲み干すしかない。だから実際のところ交代というのはない相談だ。

中和薬を飲まなければならない理由はもちろん別にある。問題は先ほど奪取した生物兵器で、まあ基本的に人間が触れればズルベチョゲロンで感染増殖するクライシス的なアレだ。これは今、ツェッドが抱えているスーツケースの中に入っている。予定では本部に持ち帰ってから然るべき専門家の手で安全に処理されることになっていたが、奪取の手際に問題があり、容器に仕込まれた自壊装置のスイッチが入ってしまっていた。容器のパネルに表示された残り時間はあと五分。処理班も間に合わず、取れる手段は、中和薬を飲んだ人間が生物兵器を丸呑《まるの》みして、容器の代わりとなる。消化されるまでに本部に帰れば破局は避けられる。実際恐らく、ブローカーは生物兵器を外界に持ち出すのにこの手を試みるつもりだったはずだ。成算はある。

三本目を完飲して、レオはその瓶を床に投げつけた。雄叫《おたけ》びをあげて胸を叩く。

「だけど！　なんで！　タバスコに！　偽装したァァァァ！」

「『ウホッホホイパンツは後ろ前でも大丈夫です』……と」

神妙にメモを取っているザップにはかまわず四本目を手に取る。斗流《ひきつぼしりゅう》のふたりは若干《じゃっかん》遠巻きに（遠巻きになる意味もないのだが）勝手なことを言っていた。

「すいません、僕の鰓《えら》、スコヴィル値にわりと敏感なので……」

「でも白点病《はくてんびょう》には水槽にカプサイシン入れるのがいいんだろ？」

「それ民間療法ですよ。水も汚れますし」

突っ込むべきはそこでない気はしたが。

なんにしろ人に頼れない時というのはあるものだ。レオは震える手で四本目の蓋を開けた。瓶を口に持っていこうと……

いこうと……

身体《からだ》はそうしようとしていた。が、意識が混濁していく。

「ああ……ああ」

膝からくずおれて、レオの手から瓶が転げ落ちた。

もはや身体が受け付けない。楽しかったこと、つらかったこと、思い出が駆け巡る。不思議とBGMは特に思い入れたこともないオリーブの首飾りだった。消えてしまいたかったのかもしれないし、胴を輪切りにされて中身を洗面所で洗いたかったのかもしれない。あるいは鳩を見たかっただけかもしれない。レオ自身にもよく分からなかった。

「おい、モジャ！　モジャー・ムーア！」

「レオ君！」

「大丈夫かい！　本当に大丈夫かい！」

「気をしっかり！」

「インモータルズ髪々の戦い！」

「僕を置いて君だけ逝かせるなんて、そんなの許せないよ！」

「レオ君一桁《けた》の掛け算をするんだ！　寝てはいけない！」

（ああ……なんだか大勢が俺の周りに……）

せめてこんな時には家族の顔が見たいのに、見えてくるのは陰険なクズや眉どころかまぶたもない顔、さらには奇妙なマスクを着けた怪人までもが。

「…………」

朦朧《もうろう》とする中でレオは、さすがに違和感を覚えた。倒れたレオの顔の上でザップとツェッドも、いつの間にか加わった新顔に大口を開けている。

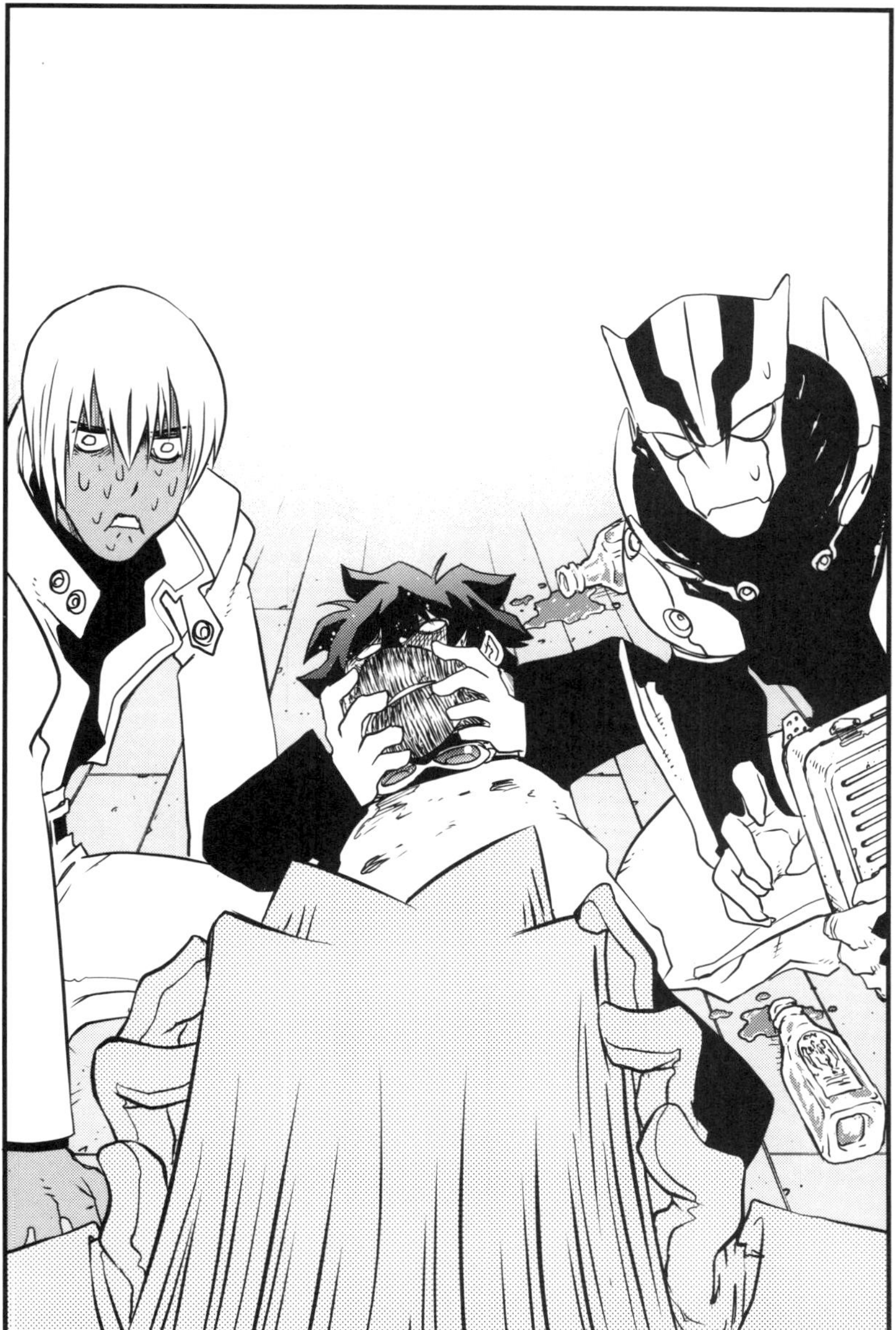

レオも呆気《あっけ》に取られ過ぎて、身体が過剰に受け入れたハバネロのことも忘れた。スパイスよりもややこしく致命的なヘルサレムズ・ロットの危険人物が自分の手を取って慟哭《どうこく》しているのだから。

「せっかく友達になれたのに死んでしまうなんて駄目《だめ》だ！　レオナルド・ウォッチ！　君なしでこの世界をどうやって生きていけようか。この暗黒の深すぎる宇宙を、友情という灯火だけが照らせるというのに！」

泣いているといってても堕落王フェムトの顔が分かるわけでもなく、オーバーアクションで右に左に顔を振り回しているばかりだ。嘘かと問われれば明らかに嘘くさいのだが、そもそも意味が分からない。ここにいる理由も、こんなことを言っている理由も、そもそもレオのことを知っている理由も。

「………」

レオはまず、ザップを見た。

ザップは緊急事態すぎて真顔のまま固まって動かない。

ツェッドはもう少し冷静だった。距離を取ろうとゆっくり後ずさりしていく。

が、フェムトが動いた。瞬《また》く間にツェッドの背後に回り、そしてレオの元にもどってきた。その手にはスーツケースが抱かれている。ツェッドが持っていたものだ。

（まさか、これが目的……!?）

ケースにはもちろん、爆発寸前の生物兵器が収められている。フェムトは雑な手つきでスーツケースの留め金を弾いた。中には水筒くらいの大きさの銀色の容器が入っている。

改めて見てレオは気づいたが、デスソースを十二本飲んだ後にさらにこれを飲み干せだと？　という大きさではあった。カウントダウンするパネルがついており、残り時間はもう三分を切っている。

「こんなものが……こんなものが人の命を奪うなんて！」

容器を掲げてフェムトは声をあげた。

「いったい命をなんだと思っているんだ！　尊い可能性そのもの。すべての命は僕らの未来の息吹！　すべての価値の源だ！　それを、それを人の愚かさそのものが害するというのか……いや違う！　愚かさと断ずるのは簡単だ。これは悲しみなんだ！　僕は！　慟哭する！」

「…………………」

まずはザップが嫌悪感に顔を歪め、吐きそうになっていた。

ツェッドもすっかり引いてますます遠ざかっている。

レオはそれほどまでもなかったものの、どう反応すればいいのかは分からないままだった。笑えばいいのか、泣けばいいのかも見当つかない。

「悲しみにさよなら！」

フェムトは容器を握りつぶした。

どろっとした肉のようなものが、破壊された容器から噴出した。なんらかの生物の身体の一部なのだろう。四十八時間で二百万人を殺害すること以外なんの役割もない組織片に、感情があるならどう叫ぶのか。自由を感じるのか。恐るべき自由を。

なんにしろフェムトの袖口《そでぐち》から出現した赤い蛇がその肉を丸呑みし、容器もまとめて消えてしまった。

「これでいい……これで救われた」

フェムトは満足げにうなずくと、すっくと立ちあがった。

そして店内を見回して、

「さ、帰ろうか。これだけソースがあるんだし、ピザを買っていかない手はないよね。素晴らしい仲間たちが僕らの帰りを待ってるし、午後の業務はまだ長い」

「……店員が逃げてしまいましたので……」

とりあえず、他に言うべきことがなかったのだろうがツェッドが答える。

はっと、フェムトが衝撃を受けた。

「じゃあ手ぶらで帰るのかい？　それはないよ。僕ら若手はそういう部分で気遣いってものを忘れちゃならない。確かにね。煩《わずら》わしいと感じるかもしれない。旧態依然の余計《よけい》な縛りなんてまっぴらだ、それは分かる。でも会社ってそういうもんだよ。僕はこれを誤魔化《ごまか》しの成功学と名付けて――」

「いやいや、あの」

口の腫《は》れと痺《しび》れた舌の許す範囲で、どうにかレオは人語を吐いた。

「さっきから聞いていると……どこに帰るつもりなんです？」

明るい笑顔で堕落王フェムトは断言する。

「そりゃあもちろん、僕らの素敵な職場、愛の秘密結社ライブラに決まってるじゃないか」

「愛の」

三人は会話の迷子になるしかなかった。


「なにを言っているんだ？」

電話の向こうにいるスティーブンに、レオは心底から同じ気持ちでつぶやいた。

「すみません。なにを言ってるんでしょうね」

「…………」

逆にそれで伝わったのかもしれない。スティーブンはゆっくりと確認してきた。

「堕落王が自分をライブラの構成員だと思い込んでいる？　一緒にいるのか」

「今はふたりに任せて、自分だけ席を外《はず》したんです」

「席？　どこかの店にいるのか」

「アトマート近くのオープンカフェにいます」

「そんな目立つところに？」

「ついこないだまで堕落王の格好した人はちょいちょいいたので……騒ぎにはなってないです。それになにがどうなるか分からないので、開けた場所のほうがマシかなと」

「もう一度訊くけど、堕落王フェムトに間違いないんだな？」

念を押すスティーブンに、レオはうなずいた。電話なので見えないだろうが。

「少なくとも外見は。術のようなものも使いましたし、そのへんの魔導師ってレベルじゃない感じはしました」

「君の目でも？」

「空間をこじ開けて生物兵器を消し去るのにコンマ秒もかかってなかったです」

「堕落王が、わざわざ出現して君を名指ししたって？」

「そうです。なんで俺のこと知ってるんでしょう」

「きりがないくらいゲームとやらに付き合わされてきたし、堕落王がライブラの全構成員を網羅していても驚かないよ」

「でも今まで、人の顔なんてほとんど見分けてなかったでしょう?」

「彼には重要ではなかったろうからね」

「でもそれが今……」

と、レオは口をつぐんだ。近くを店員が通りかかったからだ。

気まずい沈黙の間、店舗の奥から路上のテーブル席をうかがった。

そこには身振り手振りを交えて一方的に語る堕落王と、ただただどう聞いていいのか分からずに固まった表情のザップとツェッドがいる。

「そうかそうかザップ・レンフロ!　エカチェリーナは脈なしか。でも僕に言わせれば、君は勘違いしている。彼女が君に興味がないんじゃない。君が、彼女の望みを知らないことが問題だよ。メールや電話で彼女に付きまとった?　そんなものアプローチじゃない。彼女が目指す道の先回りをするんだ。麗しのエカチェリーナは理想の誰かと出会いたがっている。その理想の男に君がなるのさ!」

レオがぞっとしたのは話の内容にではなく……

先週見かけて猛アタックしていた女子学生の名前など、ザップがわざわざ堕落王に口外するわけもなく、そもそもザップですらまだ彼女の名前を聞き出していなかったはずだからだ。

怖気《おぞけ》に耐えながらレオは通話にもどった。

「人格が違ってるのは間違いないです。小芝居というには、なんていうか、根っこが違うんです。堕落王と」

「失敗した論理爆弾の副作用か……どうにか修正しないと」

スティーブンは、長くはない煩悶《はんもん》を挟んで続けた。

「どうするにせよ確証が欲しい。まずそこにいるのは間違いなく本物の堕落王か？　見極《みきわ》めてくれ。三十分以内に偽のオフィスを用意する」

「そこを本部って言いくるめるんですか？」

「あくまで緊急処置だ。君たちの勤める出張所とか……話は任せるが。周辺に支援員も伏せるから、もしものことがあればためらわず逃げろ」

「分かりました」

「場所が決まり次第メールを送る」

通話が切れた。

テーブルのほうを見やるが、特に変化はない。頬杖をついたザップに堕落王がまだまとわりついてはいるが。

「エカチェリーナの専攻はロシア文学。ただこの三年は休学中だ。まあ大学がこの街《まち》の何《ど》処《こ》に移動したのか誰も知らないしね。彼女の愛《いと》しい教授の行方《ゆくえ》もだ。彼女は疲れているし、そろそろアルバイトで生活をつなぐのも限界だ。彼女が安らげるのは今のところ、教授の書き込みの残ったテキストを読み返している時だけ……」

　変わらずザップはなにも反応していなかった。手をつけていないエスプレッソのカップを指で弾いて回転させながら、堕落王の長広舌《ちょうこうぜつ》を聞くふりしている。

　遠くに話を聞きながらレオは、とりあえずおおまかな指示の内容をザップとツェッドにメールした。ふたりが着信に気づいてそれとなく携帯を取り出したのを見てから、みんなのいるテーブルにもどる。これで口裏を合わせてはくれるだろう。

　偽のオフィスの手配が済むまでどう誤魔化すかを考える必要はなさそうだった。堕落王によるエカチェリーナ攻略指南は当面終わりそうになかったからだ。

　話の内容はもとより、すぐ目の前にいる堕落王はほとんどすべての意味で堕落王らしくはなかった。

（らしく……ってほど知ってるわけでもないんだけどさ）

　胸中でため息をつく。

だが言うなれば、堕落王についての知識は少量で十分なのだろう。極《きわ》めて単純な動機でねじくれた手段を用い、歪んだゴールを設定する。それ以外の何事もしない人物。理解しがたいとも言えるし理解する意味がないとも言える。

この怪人のやることはいつだって不可解だった。

今回の企《たくら》みもそうだ。「普通になってみたい」とかいうわけの分からない宣言で、七百六十八人もの人間を逆に堕落王化した。

その同調を解くためのライブラの対抗策は、この時点でも既《すで》に高くついていた。

既に警察が収容していた偽堕落王に加え、街中を探し回って集めた総数七百六十八人。警察との裏取引で身元を偽装の上、ひとつの施設に集めさせた。計画に横やりが入る可能性を踏まえ、防衛を考えてのことだ。

論理爆弾の用意は別所で、厳重な防衛体制のもと行われた。さらに電算機と魔道技術者も手配した。これは向こう数か月、組織の財務を破綻させかねない出費だ。

それでもゴーサインが出たのは大量の犠牲者を救うためだけではない。奇妙な言いようになるが、ライブラと堕落王の関係性には微妙なバランスがある。街の維持のためには、堕落王ほどの極端に巨大な力の持ち主は、変な野心など持つよりもヘルサレムズ・ロットの怪人であってくれたほうがまだしも都合がいいのだ。

ただなんにしろ、作戦の結果は惨憺《さんたん》たるものだった。

爆弾は起動した。しかし偽《にせ》の堕落王たちは人格を回復するどころか、全員が昏睡状態に陥《おちい》った。

意識のない七百六十八人はそのまま病院送りになり、偽の身元のままでさらに原因を誤魔化すため架空の大規模魔道犯罪をねつ造しなければならなかった。数百人の存在もしていなかった急病患者が出現してしまったわけで、これがもし暴露されれば、組織は協定違反の大量誘拐や人体収集にも問われかねない。これ以上もないほどの大失態だ。

昏睡の理由は不明。考えられるのは論理爆弾の不具合だが、それを解析できる医師などそういるものでもなく、逆に患者の生命を人並みに気にかける魔導通はさらに少ない。

適切な人員も乏しいなか、スティーブンらはこの不具合を正す方法を探している。

なんにしろ……

(堕落王をもとにもどせれば、逆に偽の人たちも少なくとも昏睡からは回復できるのかもしれないのかな)

ぼーっとレオが考えていると……

ふと、堕落王がじっと黙ってテーブル越しにレオの顔をのぞき込んでいた。思わず仰《の》け反《ぞ》る。勢いで膝の当たったテーブルが、上のグラスを激しく揺らせた。

レオは慌ててそれを押さえた。フェムトが静かに訊ねてくる。

「悩みごとでもあるのかい？　レオナルド・ウォッチ」

「い、いえ……」

誰にも話してはいないが、堕落王を間近で見たのは初めてではない。

そしてこれは堕落王にも明かしていないがレオの「眼」は堕落王の姿をほぼ完全に記憶し、今ここにいる堕落王が以前の彼と同一の——少なくとも完全に同然の——ものだと判定していた。

堕落王は興味深げに首を傾けた。

「ふむ。それは悩みが皆無という意味？　それとも差し当たって思いつかないという意味かな？」

「いえ、まあ……後者ですかね」

「いや。どちらも違うな」

と、堕落王はにやりとしてみせた。

「悩みが多すぎてどうしようもない。こうじゃないか？」

「…………」

言われてみればそれなのだろうが。

返事を待たずにフェムトは立ち上がり、大きく腕を振った。

「そう。人生は長く、悩みは尽きない！」

「お前が言うか」

ついにたまらず、ザップがうめくのが聞こえたが。

話は続かなかった。

あたりが暗くなる。スコールのように。

しかし降ってくるものは雨ではなかった。グラスにぱらぱらと細かい砂利《じゃり》が浮く。道端の砂ではなくコンクリート片《へん》だ。

次いで拳《こぶし》ほどの塊《かたまり》がテーブルに落ちてグラスを砕いた。

見上げる。大通り、建物と建物の間から。空から落ちてくるのはビルの一棟だった。マップの組み替えがしくじったものか、暇な誰かが蹴り上げたのかは知らないが。ビルひとつが頭上に落下してくる。

音とともに押し寄せる空気の圧が、身体を竦《すく》ませるより先に動きを封じる気がした。こんな時でもレオの眼球だけは自分と隔絶して冷静だった。ビルが間違いなくここに落着することを予見した。逃げ場もないことを。

悲鳴を聞いた。通りから、あるいはそこいらの窓からも。

毎度のことだが既にザップとツェッドの姿はない。

一方、堕落王だけは気にせずあくびしていた。

「え？　まだ大丈夫だよ。二秒はある」

確かにその二秒後にビルの角の尖端が堕落王の側頭部を強打した。

ということは同時にすぐ目の前のレオも、一瞬後には潰されるはずだった。

そうはならなかった。ちらと見えたのは赤い光だけだったが。途端、ビルの中身が見えた——すぐ側まで迫った壁面が裂けたからだ。ふたつにではなく網の目のように無数にだ。

ザップだ。姿を消したと思ったらビルの真正面に対峙して血刃《けつじん》を振るっている。縦、横、斜めと幾百数条。鋸《のこぎり》よりも深く、ミキサーより細かく。

当たり前だがビルは石の塊ではなく、鉄筋コンクリートの箱だ。ポイントを突けば最も少ない手数で粉砕できる。地面との衝突で既に崩れていたビルを、斬るというより削っていく。

それだけなら結局は寸断された瓦礫《がれき》に埋もれて終わりだ。しかし切り飛ばされた砕片は吹き散らされ、さらに細かく粉塵《ふんじん》化されていく。ツェッドだった。ザップの刃《は》が描く放熱に颪を併せ、加速する。瓦礫をさらに砕いて、押しのけて固める。三人がいるほんのワンルームほどのスペースを確保して、炎刃と颶風《ぐふう》が圧倒的な質量に抗する。

最初のうちワンルームほどだった空間は次第に狭まり……タクシーの相乗りになり、電話ボックスの中ほどになっても腕だけ動かす範囲を確保して三人は寄り集まる。

最後にはもはや切り飛ばすこともできず、固化したコンクリ片で出来たぎりぎりのスペースをザップとツェッドの血法《けっぽう》で支えて落ち着いた。激しい震動が収まると、中は静まり返った。

「さて」

ザップがつぶやいた。

「どうするよ」

「喋ると崩れるかも」

ぱらぱらとこぼれる破片を目で追いながら、レオ。

尻の下でうずくまるような格好のツェッドが絶望的に指摘した。

「周り……ビル一個分のコンクリの山ですよね」

肌に触れそうなほど狭くなった内側はどうにか形を保っているが、力尽きればそれまでだ。酸欠が先か。

「様子、探れねえか?」

ザップに促されてレオは壁面に顔を近づけた。

「隙間があればそこから……」

「気をつけて」

身動きしたせいでまたいくらか破片がこぼれた。

どうにか首だけ伸ばしていくと、気づいた。うっすらとだが光の差し込んでいる箇所がある。もしかしたら出られるかもしれない。望みをかけて近づいていくと。

ぼこん。とその場所に穴が開いた。さらにそこから逆にのぞき返された。

堕落王だった。

「………？」

穴のせいで形が崩れ、コンクリート屑《くず》のドームは一気に崩れ落ちた。

白い粉まみれになった三人を残して、足下に積もった屑はせいぜい厚さ数センチほどだったか。その周りにあって然《しか》るべき、何千トンもの瓦礫はまったくない。

道路も周辺の建物も、傷ひとつついていなかった。いや、ザップとツェッドが切り崩しただけでもワンフロア分はあったはずだが。幻のように消えてしまっていた。

フェムトは肩を竦《すく》めて、手に持っていた四角いものを放り捨てた。どう見ても圧縮されたあのビルだった。

「二秒じゃさすがに気の利いたことはできないね。普通に縮めちゃったよ」

「普通は縮まないんですけど……」

力なくレオはぼやいた。いつビルを縮めたのか？　三人が必死にビルを斬っていた時か？　その後なのか？　周りの路面には痕《あと》ひとつない。明らかに矛盾もしているのにどう疑問に思えばいいのかもよく分からない。

堕落王はこともなげな様子だが、その背後にはずらりと何十人もの呆気に取られた人々を並べている——ついさっきまではこの道にもカフェにもいなかった人数だ。ビルの中にいた人々だろう。普通にあっさり助けてしまった。

人間業《わざ》ではない。どころの話ですらない。身も蓋もない。

なにが起こったのか、すぐさま理解できた者はいなかった。レオも含めて。たっぷりと時間をかけてから……

わっ、と歓声があがった。助かった人々、見物人もみんなだ。あのままならどちらにせよ全員死んでいただろうが、見た限り被害はゼロだ。

堕落王はくるくると身を翻《ひるがえ》しながら、その声に応《こた》えた。

「いやあいやあ、そんな、大袈裟《おおげさ》だよ」

「堕落王！　堕落王！」

「堕落王が！　助けて……？　くれた？」

「堕落王が？　だって、堕落王なのに？」

「そんなことあるか？　なんか違ってないか？　助かったと思わせて実は俺、赤ん坊を食い殺すマシーンになってないか？　ホント？　それっぽくもなってない？」

「…………」

口々に全力で疑うみんなの声に、フェムトは若干納得いかなかったようだ。

「なにを言ってるんだ。こんな時、人を助けてこその正義の味方だよ。それが善《よ》き社会だ。そうだろう？　だからいつでも頼ってくれていい。僕ら愛の秘密結社ラ――」

「ウラァァ！」

反射の賜物《たまもの》だろうが、ザップが背後から堕落王を殴りつけ、黙らせた。

実際、反射だろう。考えていたらこんな無謀な真似はおいそれとできない。単身で堕落王に挑んだのだ。

レオは凍り付いた。人格が変わって見えたからといって、なんの保証もない。堕落王がほんのひとかけらでも本性を残していたらなにが起こるか。

しかし堕落王はあっさり昏倒した。くたっと崩れたフェムトを抱えて、ザップ自身、慄《おのの》いている。レオも気持ちは分かった――というよりザップこそレオと同じ悪寒を覚えていたのだろう。なにが起こり得たか。知ることすらないまま異形のなにかに変貌させせられていたかもしれないし、単に首を引っこ抜かれていたかもしれない。なにがあってもおかしくなかった。

なのになにも起こらなかった。恐らく堕落王は、心底から、まさか仲間に殴り倒されるとは思ってもいなかったのだ。

（それが一番ぞっとする……）

変わるわけがないと思っていたものが変わっていたのを知ることが。

青ざめたザップも鳥肌を立てながら……

だがどうにか気を取り直した。再び目を丸くして静まり返った聴衆を後目に、フェムトを引きずって脱兎《だつと》のごとく駆け出す。

レオとツェッドもあとに続いた。あまりにわけの分からないことばかり続いたせいか、誰も追いかけてはこなかった。

「うーん……周期3……サスペンス……ジャックニコルソン……漸近《ぜんきん》挙動……」

ソファーに横たえられ、気を失ったままうなされているんだか夢見ているんだか、しきりにつぶやき続ける堕落王を見下ろして。

ザップがうめいた。

「これ、寝言か？」

「概周期振動……なにも学べない恒等式……プロフェッサーウエダ……ヤリイカの巨大軸索……」

　あれから三十分以内にライブラは予告通り、仮の出張所を用意してくれた。

　立ち止まればまたなにか手に負えないことが起こるのではないかと走り続け、もう限界かというタイミングだった。レオ、ザップ、ツェッドの三人は矢も楯もたまらず駆け込んだのだった。

　人心地《ひとごこち》ついて室内を観察すると、オフィスというにはかなり殺風景だった。四人分のデスクと椅子《いす》、固定電話がひとつ、ＬＥＤスタンドにクリップ入れがあるくらいだ。あとは堕落王が今寝ているソファーか。壁には書類用のキャビネットがあるが中身は空《から》っぽ。そもそもこのオフィスの入った雑居ビル自体が無人に近かった。一階と二階は駐車場、そこから上が貸しオフィスだが、三階にはレオたちがいるこの部屋以外、隣に暇そうな歯科医があるだけで全部空室だった。恐らく、その歯医者というのもカメラと盗聴器を備えたライブラ職員だろう。

　不自然といえば不自然だが、秘密結社のオフィスなのだからかえってこんなものかもしれない。もちろん、なにかあった時のために人のいない場所を選んだ、というのもあるだろう。

　スマートフォンを繰って、レオは嘆息した。

「あー、やっぱりさっきの騒ぎ、ちょっと広まってますね」

　裏社会ならいざ知らず、ヘルサレムズ・ロットのネット映像は一般的に外界では遮断されている。そしてこの街の住人同士でしか共有されないならハプニング動画を見せ合うなどというのはいかにもナンセンスではあるのだが、それでも投稿がバズる流れは案外、外界と大差ない。

「堕落王が人命救助までしたっていうんで、色ついちゃったようで」

「映像まで撮ってた奴はいなかったろ？　ならガセネタで終わるんじゃね」

　怪しい空調に見切りをつけて窓を開けながら、ザップが答える。開いた窓の先は三十センチと距離を空けない隣のビル壁だった。

　舌打ちして窓を閉める間に、レオは目立った投稿を見て回った。

「でもビルの落下と、それが消えるとこは遠くから撮ってた人いたみたいです。目撃者も多かったでしょうし」

「ライブラの名前が出ずに済んだのはよかったな」

　一応ザップの手柄なのだが、そこでひとくだり自慢する気力はさすがに残っていないようだった。

「非干渉グリッド！　非干渉！」

気絶した堕落王だけが元気いい。

「ジミニー……ジミニー定数を！　ええと……ああ、うん、そっちでもいいや」

しばし見下ろして、レオは言った。

「落ち着いて考えてみると、ついさっきだけで二度も命を助けられたんですね」

「…………」

ザップとツェッドの反応がいまいちなので、レオは言い足した。

「この人いなければ、俺ら死んでましたよ。俺らだけじゃなくて、あの場にいた全員。いや、もっとかも」

まくし立てたものの、ふたりの表情は変わらない。レオには馴染《なじ》みの顔でもあった。レオが気の弱そうな青年に道を訊かれ、何度も礼を言われ別れた後に「これおめーのだろ」とスリからスリ返した財布を投げてくる時の顔。古いリアリティショーの再放送を見ていて「この優勝した子、苦労したんですよね。今なにやってるんですかねえ」と言ったら「そいつプロデューサーの娘だぞ。ヤクでパクられて本名バレたとさ」と即答してくる時の顔。「これ、チェインさんからザップさんにお見舞いだそうです」とカップケーキのバスケットを病室に持っていった時に見せる顔。

いつもの悪意ではない。それだけに、こういう時こそグサリとくる。その顔でザップは頭を掻いた。

「狙いすましてビルが落ちてくるというのは、さすがにちょっと」

「……偶然なんかなあ」

ツェッドも同意見のようだ。

しかしレオはまだ言い返した。

「なんのために？」

「分かるかよ。そもそもこいつのこと分かったためしがねえ」

「レオ君、まさか……彼を信頼したい、んですか？」

素で改めて問われると。

「……いや……」

言葉もない。

と。

堕落王はいきなり上体を垂直に起こした。叫び出す。

「学んだぞ！　そうなんだな！」

これまでその会話をしていたかのようなスムーズさで、ザップに向き合う。

「要するに僕らは愛する秘密結社を堂々アピールしちゃいけないんだね」

堕落王にとってどれだけスムーズだったとしても、周りにはそうではない。それでもザップは半眼で答えた。

「秘密結社だぞ。常識で考えろよ」

「常識とかは知らないんだ」

「自分で言うタイプか」

誰も納得していない中、フェムトだけがひとりでうなずき続ける。

「とにかくそうしよう。だって、それが普通なんだろうから。これからは匿名で人助けするよ」

「いやお前の名前と顔売れまくってっから。あと別に俺ら、人助けが仕事じゃねえぞ」

「えっ…………」

堕落王はたっぷり間を取って驚いてみせた。

「人助けしない人なんているの？」

「マジでなに言ってんだ？」

「だってそれが普通だろう？」

ずっとそうなのだが、嘘や冗談という言い方ではない。

「助けが必要そうなら手を差し伸べる。どんな小さな悩みでも。ほら。ツェッド・オブライエン。君の魚顔も直そうか？」

「え？」

唐突に話を振られて、ツェッドが固まった。ぽかんと堕落王を見返して絶句している。

「あのなァ」

「いや、その前に」

と、言い返そうとしたザップを横から止めたのは当のツェッドだった。堕落王に向かって告げる。

「あなたはライブラの一員だと主張しておられますが、審査を受けていませんね」

「審査？」

訊き返したのはザップだったが、見えないところ（レオには見えたが）で爪先で靴を蹴られ、話を察した。ツェッドの出まかせだ。

といっても確かに悪くはなさそうだった。堕落王の尋問に専念できる話題だ。

「そんなものが？　素晴らしい！　美しい気持ちを語る場はいくらあってもいいよ」

当の堕落王は乗り気のようだった。

ツェッドは澱《よど》みなく続ける。

「まず簡単な面接からです」

「なるほど！」

フェムトは言うが早いか、部屋のデスクをあっと言う間に隅に積み上げると、ソファーの位置も中央に、そして自分は事務椅子ひとつを引き寄せて対面に置いた。椅子の横に背筋を伸ばして立ち、じっと不動の体勢になる。

「えー……と」

なんとなく気圧《けお》されるようにして、ザップとツェッドがソファーに並んで腰を下ろした。さすがに男三人座ると狭いのでレオは脇に控えたが。

「よろしくお願いします！」

バネじかけの玩具のように勢いよくお辞儀すると、フェムトも着席した。

えー、こほん。とツェッドが取り仕切る。

「では、最初に志望動機から」

「はい！　小さなことからコツコツと社会を改善するビジョナリーを求めていたら自然と出会いました。御社はまさに理想の職場です！」

「あなたが当社に対してできることはなんですか？」

「頑張ることです！」

「具体的な特技は？」

「魔道科学全般です！」

「それは基本的には犯罪行為では？」

「ははっ。ご冗談を。世界をハックするのが危険視されたのはおおよそ十八世紀以前です。今では海底でも油を掘って衛星を打ち上げ、旅行者が疫病《えきびょう》も広げ放題。単純なスクリプトでウォール街は錬金術も実現しました。世界はいかようにも姿を変えます。むしろ、無知から己の見える世界を狭めることのほうが狭量《きょうりょう》な改悪では？」

「しかし、法の目を逃れて子供を生贄《いけにえ》に捧げたり森の奥で毒を混ぜたりというのは……」

「現代の製造業すべてにも当てはまりますね、それは」

「魔道を始めたきっかけは？」

「特には。趣味かな」

「楽しいことなんですか？」

「比較的には。他の大体のことには飽きましたが、魔道はカンストがない」

「あとは……ええと」

考えこむツェッドを、横からザップが小突いた。引き寄せて小声で問い詰める。

「ンな質問でらちが明くのかよ」

「他にどうしろと」

「フツーの仕事と違うんだからよ。もっと重要なことズバッと訊きゃいいだろ」

「じゃあやってみてくださいよ」

「おう」

ザップはゆっくりと正面に向き直った。

手を前に組み、落ち着いた面持《おもも》ちで。

そのままもみ手を始めた。

「で、エカチェリーナがイチコロの殺し文句っていうのは？」

「気にしてたのかよ一応」

さすがにレオも突っ込んだ。

「エカチェリーナって誰です？」と不思議そうにしている堕落王はとりあえずほうっておいて、また小声で密談にもどった。

「結構重要な場面なんじゃないですか、これ。今、堕落王にインタビューしてるんですよ、俺たち」

「……考えてみたら歴史的瞬間かもしれないですね」

「そーかあ？」

「もっと受け入れて様子を見たほうがいいと思うんです」

「まあ、その流れではあったからな」

ということなのでレオはうなずいた。

深呼吸をひとつ。顔を上げる。

「審査はまだ続きますが、とりあえずはインターンということで」

「おお！」

堕落王は感激して立ち上がった。

「ありがとうございます！　誠心誠意頑張ります！」

「じゃあ入団の儀式を」

と、レオはザップに促した。

「……ん？」

きょとんとするザップに、逆にレオも小首を傾げる。

「いや、ですから。俺とかはよく分からないですけど。きっとやってるんでしょう、そういうの」

「どういうのだよ」

「だって昔から、モンスター退治の闇組織なんですよね。ゲジゲジを丸呑みするとか、全裸になって部屋の灯りを消してから仲間に棒で叩かれまくるとか、そういうオカルティなやつ」

「お前そういうイメージで俺らを見てたのな」

「で、手首にサソリの入れ墨」

「そんなもん入ってるの見たことあんのか？」

言い合っていると。

「あれ？」

気づいたのはツェッドだった。

堕落王がいない。椅子だけがある。体温も残っていそうなほどの唐突さでフェムトの姿がなかった。

なんとなく思いつきで、スマートフォンを取り出した。検索するとすぐ出てくる。

「二十二秒前。『堕落王が暴走トラックから夫を助けてくれた！　なにが起こったの？』」

「場所は？」

「街の反対側ですよ」

更新するたびに次から次に出てくる。

謎のポリヘドロン光管体の襲撃があったけれど堕落王が守ってくれた――

鋼鉄カンガルーの群れが片《かた》っ端《ぱし》から車をぶん殴りながら行進してたのを堕落王が交通整理してくれた――

西の空から光に包まれたシュークリームが降りてきて、よく見たら丸まった堕落王だった――

便乗した意味不明の情報もあったものの、どうやら堕落王が街中を飛び回ってトラブルを片づけているらしい。

「……こうまで変わるものなんですかね」

ひとたびゲームを始めれば数百数千の犠牲を出してきた堕落王だ。街の住人は嫌《いや》というほど思い知っている。

それが人助けをしていると言っても、誰もすぐには信じない。が、ペースが凄まじい。まだ数分だがざっと検索しただけでも何百件と投稿が増えている。レオの目なら動体視力の応用で速読もできるが、表示のほうが追い付かないほどだ。

「うおっ」

目の負荷ではなく脳のほうが情報過多の負担で、めまいを覚えた。

「なんだこのスピード。出前迅速すぎんだろ」

ザップらも検索して呆《あき》れている。

「ていうかこれ、同時に何か所かにいませんか？」

「テレポートしまくってるような奴にそのへんの常識もねえんじゃね？」

適当にザップは口走っただけだろうが。

ツェッドは奇妙そうに兄弟子《あにでし》を見返した。

「まあ、量子的には辻褄《つじつま》は合うのかもしれませんけど……」

「量子的」

「ん？」

ぽつりとつぶやいたレオに、ふたりが注意を向ける。レオは続けた。

「前にスティーブンさんが、なんかそんなこと言ってましたよね」

「ええ、まあ」

「これ、本当に堕落王がたくさんいるんじゃないですか？」

「…………」

黙ったのは三人の端末が同時にメールを着信したからだった。

嫌な予感を覚えたのは全員同じ、疑いない。

視線を見交わして、メールを開いた。スティーブンからの一斉送信だ。

内容はこれだ。

「……病院から七百六十八人の偽堕落王がみんな消えた」

ここにいたフェムトがどうなったのか報告を欲しがっている。

また目配せして行動を開始した。ツェッドが電話で状況報告。ザップとレオは即座に部屋から出た。

隣の歯医者も慌ただしく、情報部のほうに連絡しているようだった。それを通り越して階段へ。エレベーターを使う間も惜しい。駆け上がって屋上に向かった。

ボロいビルだが背は周りより高い。屋上から見回すとすぐに街の混乱が見て取れた。

空が燃えている。向こうで隕石が落ちたかと思えば反対側では巨大イナゴの大群が建物を襲っていた。道では下水から半透明のゲル状のなにかがあふれ出し、それを押し返そうと近場の工事現場からブルドーザーが何台も殺到していた。

重機はそのどろどろに触れるや否や溶かされている。土と生体だけは溶かされないようで重機の運転手たちが全裸で粘液に溺れた。ついでに毛と老廃物を削ぎ落とされて妙につやつやになった屈強の男たちは段々と気持ちよくなってきてしまったのか、最終的には大勢仲間も呼んで、これ商売にできねえかなあと言い出したところで堕落王が上空に出現。助けるのかと思ったら、粘性生物と男たちを指さして笑い転げている。

だがすぐに笑いを引っ込めた。ぱっと手を翻《ひるがえ》すと粘性生物が跡形もなく消える。

そして堕落王は去っていった。男たちの商売の夢も絶たれた。

「今の見ました？」

レオが問うと、ザップは沈痛な面持ちでうなずいた。

「見たくはなかったが……」

「いやそっちじゃなくて。堕落王です。やっぱりおかしいですよ」

「事件の頻度も妙だな。いくらこの街が不夜城だからって、祭りでもこうまで騒がねぇ」

「どうも的中のようですよ」

と、ツェッドも追いかけて屋上に上がってきた。スマホをしまいながら言う。

「堕落王が街中に出現してるそうです」

「この騒ぎは？」

「大勢が好き勝手に動き回っているようなんですよ。事件を起こす堕落王もいるし、トラブルを収めているのもいるという具合で」

「その大勢ってのの、例の偽物の奴らなんだよな？」

問いただすザップに、ツェッドはかぶりを振る。だがすぐに思い直したように縦にも振った。

「その通りとも、そうでないとも。きっと問題の七百六十八人に違いはないですが、見た目も能力も区別がつかなくなってます」

「どういうことなんだよ」

「副作用でしょうね。同調のシステムが壊れて、人格、能力、身体、みんな同一化してるというのが仮説です」

「そんな簡単に増やせんのか」

頭を抱えるザップに、ツェッドはまだ冷静に説明を続けた。

「いえ。むしろ恐ろしい負荷がかかっているはずです。特に一番脆《もろ》い……人格面に」

「それじゃ、やっぱり正気じゃないんですか」

「七百六十八人分の人格で希釈《きしやく》されてるようなものですからね。ある意味、堕落王が最初に主張していた平均化、凡人化が叶《かな》ったとも言えますが……」

話しているうちに、轟音《ごうおん》が足元を揺らした。

建物ごと崩しかねない衝撃だ。振り返ると、イナゴに食われかけていたアパートに手足が生えて立ち上がり、巨大昆虫たちに反撃を開始していた。

「うわっ……と！」

レオは足を取られ、転倒した。

それだけならよかったが、古びたビルは本当にどこか基礎が崩れたのか平衡にもどらなかった。つんのめり、柵から転《ころ》げ落《お》ちそうに――

なったところでザップが首根っこを摑《つか》んで止めてくれた。

「あれが凡人のやることかよ」

舌打ちまじりにザップがぼやく。

ツェッドが答えた。

「混乱してるんでしょう。それに、あれも善意かも」

「善意?」

「自分で種をまいて自分で解決する。多かれ少なかれ誰もが日常的にそうしています」

と、声のトーンを改める。

「なんにしろこのままでは負荷が祟《たた》って、いま堕落王になっている人たち全員の人格が揮発するでしょう。恐らく最後にひとりだけ残るんでしょうが、それが元の堕落王である可能性は単純に七百六十九分の一」

「……そしたら、無難になるんじゃねえか?」

「当初の恐れのように、どこぞの悪党が力を横取りするんじゃないんですよ」

「だろ?」

「もっとまずい。悪事なら食い止められもしますが。ただの人が堕落王の力を手に入れるんです。その人はなにをするでしょう？　恐らく僕らが今見ているのが、それです」

ツェッドはあたりを指し示した。

混乱、破壊……それ自体はこの街では大きな問題ではない。

「きっと、力を役に立ててしまうんです。よかれと思って、もっと滅茶苦茶にしてしまう。このままほっといて明日にもなれば堕落王は街のヒーローですよ。大勢が従うようになって、堕落王はその支持者を守るためになにを始めるのか」

レオはふと、蟻の巣の玩具を思い出していた。人がそれを手にした時になにをするか。絶対に触れずにいられるか。蓋を開けて手を出さない約束を守れるのか。

ある意味でだが――というよりある意味でしかないのだが――、その約束を守ってきたのが本来の堕落王だ。

ツェッドは指を一本立てて要点を言いはじめた。

「それで、以上を踏まえた上で本部からの指示なんですが」

「待て」

ザップは制止した。

レオを放してツェッドに詰め寄る。抵抗は無駄だと分かっているだろうが。ケチもつけずにはいられなかったのだろう。

「聞きたくねえ話の臭《にお》いがすんぞ」

が、構わずツェッドは続けた。

「『うまくやってくれ』と」

「正気かァァァ！」

「いや、今のはアレンジです。本部は無策じゃありません。不具合が把握できたので、修正のための小規模な論理爆弾を新たに構築します。これでフェムトを正常化してみんなも元にもどせます。我々の役目は、その完成までに標的である堕落王本体を見つけ、確保せよとのことです」

「……どうやってだよ」

「ですから、うまくやってくれと」

「結局かァァァ分かってたよ！」

地団太《じだんだ》踏んでいたザップだったが、四打目ほどで足を止めた。震え、歯を食いしばって耐える。

「お楽しみタイムはどれくらいだ」

「論理爆弾の再起爆は二時間後です」

「やり遂げるには短《みじけ》えし、生き延びるには長《なげ》えしよ。相変わらず痺《しび》れる時間言ってくれんなあ」

拳を打ち合わせるともうブレはなくなる。ザップはレオに問いかけた。

「目はどうだ？」

「やってみます」

レオは試しに目を凝《こ》らした。アパートの上に仁王立ちして操っている堕落王に義眼の視力を集中する。

すぐに変化はない。しかし注視を続けるとその輪郭がぼやけた。そこにいるのは堕落王とは似ても似つかない中年の男だった。

深く息をつく。

「どうにか見破れるみたいです。でも、何百人は保《も》たないですかね」

「どのみち、しらみつぶしに探し回るわけにもいかねえしな」

「誘い出す手を考えないと」

ツェッドの言葉に、みんな黙り込む。

考えている間にも時間は進む。三分もするとアパートはイナゴを撃退し、助かった住民の喝采を浴びながら堕落王は次の現場に去っていった。そこでまた自分でトラブルを起こして自ら解決する。
それが凡人になったフェムトのしていることだ。
レオは思わず、嘆息した。
策を思いついたのは不思議と、三人が同時だった。
本部に確認を取って、残り一時間と四十七分に時計合わせをした。

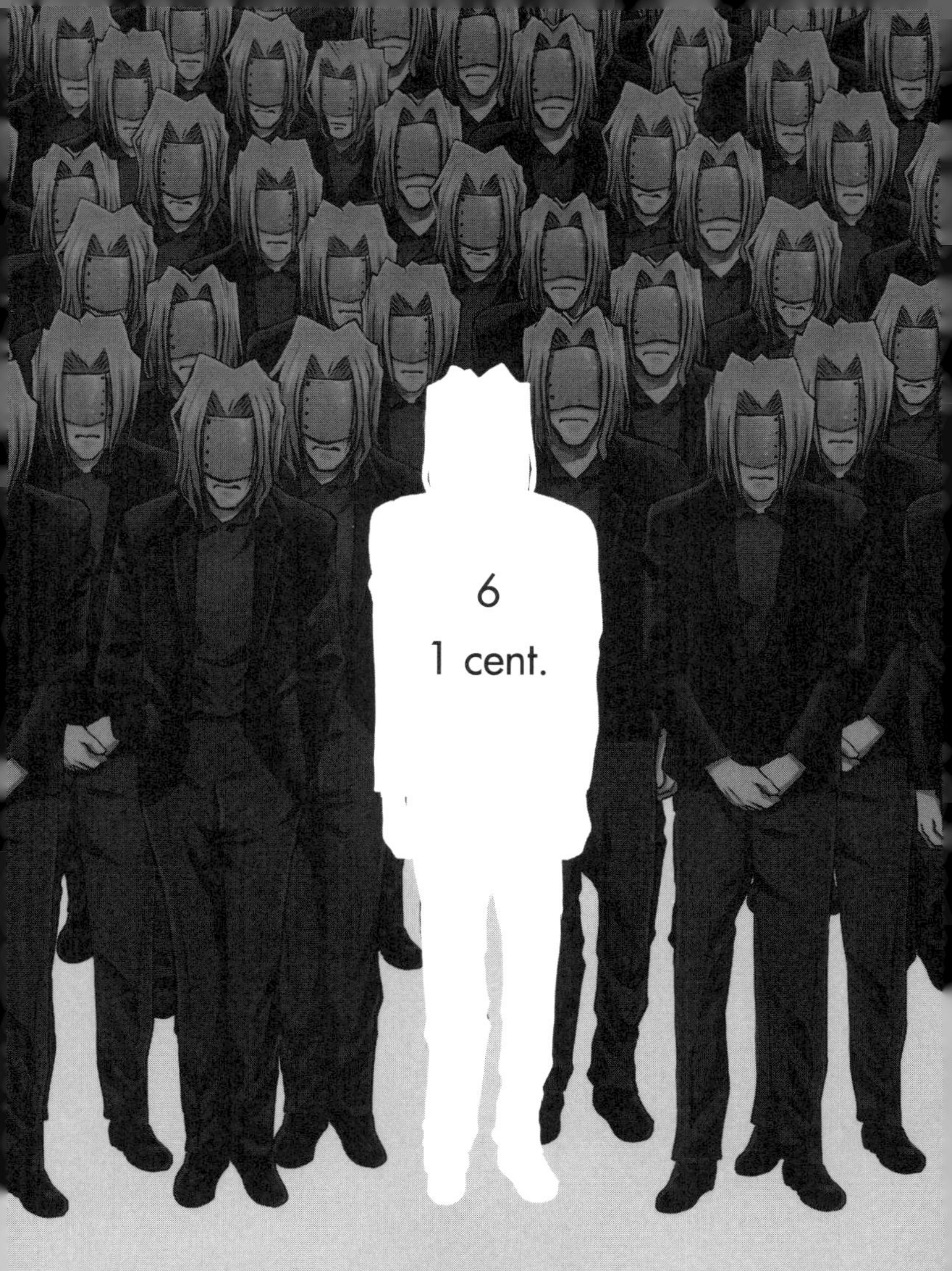

6
1 cent.

（価値のないものの価値を）

GOOD AS GOOD MAN

残り三十分。

「ハーッハッハッハ！　ヘルサレムズ・ロットの諸君！　ごきげんよう。今日も退屈な日々を送っているかな？」

混沌の街《まち》ヘルサレムズ・ロットに降り立った堕落王《だらくおう》は、広場の真ん中でボリュームをどんどん上げた。

「今日もゲームを始めよう！　大いに犠牲を出しながら這いずりたまえ。今回はこれだ。持っているかな？　そう。こんなおっさんの横顔なんて量産して君らも酔狂《すいきょう》だな。そんなに大事なら、これの価値をよーく考えてみたまえよ……」

そうして1セント硬貨を手に人々を嘲弄《ちょうろう》する堕落王の顔は、現実のものではない。レオの抱えるノートPCで再生されている過去の動画だった。PCは特別なものではないがライブラ本部から持ってきてもらったもので、オペレーターがセッティングしたハックツールが入っている。今そのツールが、テレビやWEB各局の映像をこの動画に差し替えていた。いつも堕落王本人がやるほどに徹底的とはいかないが、かなりの画面を占領している。

人払いされた静かな広場で、レオは木陰に座って時計を確認した。

「来ますかね」

「そういう心配ってのは、はっきりミスってからにしろよ」

近くの木にもたれたザップが答える。

レオはしばらく考えてから言い返した。

「ミスする前にしとかないと駄目《だめ》なんじゃないですかね」

「違《ちげ》えよ。ミスはするなって話だ」

「…………」

分かるようで分からないが、まったく分からないわけでもなくまあまあ分かる気はする。

それがザップなのだろうが。

レオはそれでも時間を目で追った。残り二十九分。

街の混乱も、ほんの少し距離を空《あ》けるとまるで他人事《ひとごと》のようになる。バッテリーパークの落ち着いた木陰は崩落以前からそんな場所だったろう。かつてこの土地は、人の敷いた境界を隔てる象徴だった。今はもっと決定的な結界を睨《にら》む臨海の公園だ。

海風は今は望めない。少なくとも心地よいものは。ヘルサレムズ・ロットの海は大いなる虚《うつろ》と同じ、常識を超えた壁だ。壁を乗り越える前にまず帽子を向こうに投げ込もうとしても、その帽子も届かないのを見るだけだった。実力が足りないだけではない。そこに挑むという想像力すら及ばない。

残り二十八分。まだ周囲に動きはなかった。

「……すみません、ちょっと無駄《むだ》なこと話してもいいですか」

レオのつぶやきにまたザップが答えた。

「マジでか。どんなクソ度胸《どきょう》だ」

さっきと同じくあきれた様子だが、退屈が感染したのかもしれない。しみじみと言いだした。

「つってても俺も気がかりはある。エカチェリーナのことだな。エロいもんな。ただのトックリ着てるだけでもトビエロだもんな」

「違います。どうも、ずっと気分が悪いんです。なんだろう。いいことをするっていうのは平凡なことなんですかね」

「そうなのかもしれませんね。特別なことというのは社会上は悪です」

ツェッドが木の枝の上から口を挟んできた。

淡白な物言いだ。レオはますますかぶりを振った。

「ライブラの仕事は、お世辞にも良いこととは言えないでしょう。この街でなければ一発で懲役三百年食らいそうなことばっかりで」

「そうなんですか？　人界の法には疎《うと》いんですが」

「俺だってよく分からないです」

情けなくレオが言うと、ツェッドは驚いたようだった。

「人間の中で育ったんでしょう？」

「世の中が複雑になり過ぎて、もはや専門家でないと手も足も出ないです。子供をひき逃げした男がいたとして、その子に怪我《けが》がなかったのが分かったら、逆に車を傷つけたのを弁償しろって訴えて腕のいい弁護士ならそれで勝っちゃうことも。だから怪我なんてなくても絶対に病院に行くべきなんです。頭が痛いとさえ言っていれば、医者は負傷を絶対否定できない」

長々と語ってから、また長い吐息までした。

ツェッドは答えなかった。ほとんど音も立てずに木から飛び下りた。それこそ水を泳ぐように。

そしてレオの前に手を差し出した。指でなにか持っている。

1セント硬貨だ。

レオは動画に目を落とした。画面の堕落王も同じ硬貨を手にしている。動画のものをいくら目で見たところで精細な情報が得られるわけでもないが、それでもなんとなくは分かった。

「それ、この硬貨ですか」

「はい」

ツェッドは認めて、硬貨を指で弾《はじ》いた。器用に手の中をくぐらせてから、立てた人差し指の上にぴたりと静止させる。

「レオ君は覚えてましたか。これは堕落王がゲームのアイテムとして、ここにいた通行人に渡して……」

「ツェッドさんがここで大道芸やっていたの、たまたまだったんですよね？」

「ええ。堕落王は怒って、僕らをなじったんです。こんなどうでもいい、ただの普通の奴らにせっかくのゲームを台無しにされたって」

と、ツェッドは笑った。

「堕落王は僕と人類《ヒューマー》の見分けもつかなかったんですよ。自分については別段《べつだん》気にしているつもりもないんですが、正直……少しばかり気味が良かった。でもさっきは違いましたね。確かに分からない。善良って、一体なんなんでしょうね？」

「おい」

ザップが話を遮った。

その調子で分かる。レオはまた時計を見た。残り二十四分。

堕落王が訪れた。

彼はぽつんと、当たり前のようにそこに現れた。おどろおどろしい雷鳴も地鳴りもなし。

ただしやはり尋常ではなかった。姿を見せたのはひとりだけではない。ふたり、三人とまでは数えたが、次の瞬間には数十人の堕落王が広場にいた。数秒も経《た》たないうちには七百六十九人。

レオは即座に数え上げた。同時に、ゴーグルの奥から目を凝らす。全員を一斉に見るなら眼球の余力は問題ない。

といってもそこまで難しい探査にもならなかった。広場に大量に集まった堕落王のうち、真《ま》っ直《す》ぐレオたちの前に進み出てきた堕落王。それがレオの目で確認できた本物だったからだ。

「レオナルド・ウォッチ。いったいなにをしているんだ？」

レオの抱えたPCはまだ堕落王の動画を再生している。データは動画投稿サイトにもあるものなので特に希少性はない。ここで再生している意味もないといえばない。堕落王の言っているのは、放送局のハッキングのことだろう。

ザップが声をあげた。

「普通ならほっとけねえよなあ。昔のやんちゃ映像が流されてたら」

「その映像……僕には意味が分からない。けれど、どうにもイライラするんだ」

あの上機嫌さはすっかり消えて、本気で不快げに手を震わせている。

レオはPCを止めないまま地面に置いた。

七百人以上の不機嫌な堕落王を前に気おくれはしたが、半歩進み出る。

「ゲームをしませんか」

「ゲームなんてしない。僕は真剣に生きているんだ」

「じゃあ話でも」

(残り時間は……)

確認できないが、まだ二十分を切ってはいないだろう。

心臓が倍マシで脈打つのを感じながら、レオは言った。

「そういえば、その……ピザ屋では助けてくれてありがとうございました。言ってなかったので」

感謝を受けて、堕落王の顔色が明るくなる。

「いやいや。助けただなんて大袈裟《おおげさ》な。ちょっと蛇神《じゃしん》使ってゴミを外宇宙に捨てただけだよ。誰だってそうする」

「その選択肢はなかなか持ち合わせないと思いますけど」

「なにを言っているんだ。人はひとりで生きてはいけない。気持ちがあればなんだってできるさ」

「じゃあもうそれでいいですけど、考えてみたら容器を破る必要はなかったんじゃないですか」

思い出して訊ねた。堕落王は当たり前のように答える。

「星踏《せいとう》蛇神コーラ・ハ・グゥは生きた餌しか食べない。でも食べるついでなら、容器ごとでも食べてしまうんだよね。腑《ふ》に落ちないけど」

「そういうの、どこから知るんですか？」

「魔道について理解を助ける、ある男の話をしてあげよう。彼はきな粉を鼻に入れると無呼吸で十二分、潜水できるという能力を持っていた。すごいと思わないか？」

「キナコ？」

レオが訊き返すとフェムトは額を手で打って声をあげた。

「オーウ無知。なんたるしや。まあ粉だよ。黄色い粉。食用で基本的に合法だ」

「はあ」

「で、すごいだろう？　実にすごい話だろう？」

わくわくと言い募る相手に、レオはとりあえず答えた。

「え？　ええ……酸素をどうしているのか」

「違う！　分かってないな」

「は？」

「そいつはなんで、きな粉を鼻に入れて水に潜ったんだ。やるか普通？　知らないまま一生を終えるのが当然だった。こんな埋もれた能力が、他にもこの宇宙にはどれだけあることか」

楽しそうだ。

すっかり別人化した堕落王だが、今この時だけはわずかに元の人格を感じられる。

レオは質問した。

「今、その人は？」

堕落王はあっさり答えた。

「水に潜って十三分目で溺死したよ。彼は能力の限界時間を知らなかったし、予測しようもなかった。当然だろう？」

腕を振ってオペラのように……歌いはしなかったが、滔々《とうとう》と彼は続けた。

「ことほどさように、魔術とは予期できない可能性そのもの。あり得ないものを起こす。原則と法則を侮蔑し、もたらされる効果は無限の成算と……そして等量の裏切りを抱え込み、世界の完成を拒む」

「世界の完成？」

「神の御業《みわざ》……と言ってやってもいいんだが、とどのつまり完璧なる退屈のことだ。魔は冒瀆《ぼうとく》し、退屈をひと時忘れさせる。そういうことさ」

「楽しそうですね」

「そりゃあそうさ。僕は――」

そこで口をつぐんだ堕落王に、レオは告げた。

「あなたは特別なんですよ。それがあなたの普通なんだ」

「ひどいことを言うじゃないか。レオナルド・ウォッチ。せっかく友達になったのに」

本気で悲嘆に暮れたようにも見える堕落王だったが。

レオは笑いかけた。

この人物が知ることはあるまい、と思う。普通ということを。特に価値のないものの価値を。宇宙の神秘の深奥に通じていても、ただ普通のことを知るまい。

「本当は、やっぱり元にもどりたがってませんか？」

再度レオが質問すると。

堕落王から感情らしきものが、すっと引いた。

「時間を稼ごうとしていないか？　レオナルド・ウォッチ」

見透かされた。

（まあ、見え見えか……）

「だからよ。平和的にゃ無理だっつったろ」

言いながらザップが前に出る。ツェッドも無言で並んだ。

堕落王はふたりを気にするわけでもなく、腕組みして思案している。

「時間を稼ぐ。なんのために？　僕ら楽しい仲間のはずなのに、僕だけ企《たくら》みを知らされていない……仲間外《はず》れは嫌《いや》だ」

「あなたを元にもどそうとしているんです」

レオは告げた。

賭けだった。堕落王が聞き入れるならなんのリスクもなくこれで終わる。

あるいは反発して襲いかかってくるとしても。その場合は残り時間、どうにか抗《あらが》って生き延びるしかない。七百六十九対三。しかも堕落王はひとりでも容易《たやす》い相手ではない。

（時間さえ来れば）

レオは背後に残したPCを意識した。このPCはハッキングツールであると同時に、論理爆弾の誘導索にもなっている。このPCの半径十メートルほどにフェムトを釘付けにする必要がある。

うまくやるにはそれしかない。可能かどうかはともかく、ザップとツェッドの後姿には力が漲《みなぎ》っている。

（やるしかない！）

レオも拳《こぶし》を握り込んだ。なにができるとも言えないが。この乱戦が成立するとして、全体を透視して支援するのは自分の役目だ。ただ守られはすまい。決意一本で腹をくくる。

のだが。

一方、堕落王はただ平凡なことを吐き捨てた。

「嫌だ！　僕は変わりたくなんかない！」

言うが早いか全員、脱兎《だつと》のごとく逃げ出していった。

「…………」

数秒硬直して。

呑気《のんき》に感心したのはツェッドだった。

「なるほど。これが普通に出し抜かれた時の、堕落王の気持ちですか。ちょっと分かりました」

「言ってる場合かっ！」

ザップが叫んで駆け出す。レオもＰＣを拾い上げて追いかけた。

堕落王らはすさまじい速度で移動していく。もう広場からは完全にいなくなっていた。

だが大人数で移動しているのでまだ追跡できる。レオも本物の堕落王の位置は見失っていない。

広場を出たところに停めてあった車に乗り込んだ。ＰＣと一緒にライブラに手配してもらったものだが、ただのレンタカーだった。

アスファルトをこそぐ勢いで発車した。堕落王を追いかけて。

「テレポートはしないみたいだな」

わらわらと集団移動していく堕落王を見ながらザップがうめく。助手席のツェッドが同意した。

「かなり泡食ってますすね」

「追跡アプリ出します。そっちのナビにつなげますから」

ＰＣの操作自体は単純で、レオのような素人《しろうと》にも難しくない。

ザップの運転は荒っぽいというより雑だが、絶妙のバランスで事故ぎりぎりのラインをすり抜ける。市街を時速何キロで走っているのかは考えないことにして、レオは堕落王の行方《ゆくえ》を見定めるのに専念した。特に目的地もないようだが。

あの広場で戦いになった場合というのは絶望的ではあっても、覚悟はしていた。

一も二もなく逃げ出すというのはただ単に想定外だった。

（やっぱりまだ、いつもの堕落王だと思っちゃってたんだな……！）

速度を増して追い上げていく。残りは、十四分。

「五十メートル先、右折」

「ウルァァァ！」

ナビの声が終わるのも待たずにザップがハンドルを切る。速度からしてみれば二秒足らずで反応しなければ指示を通り過ぎてしまう。

大きく傾《かし》いだ車体はぎりぎり横転を免れてもとにもどった。その後も右に左にがひっきりなしに繰り返され、走るというよりタイヤが浮いている時間のほうが長そうになってくる。車重があるおかげでどうにか転ばずに済んでいる。

「蛇行してますね、堕落王！」

「無駄なあがきだ！　吠えろエコテックゥゥゥ！」

「それ環境にいいってやつですよね」

また切り込むように道を曲がると――

そこに巨大な鮫《さめ》が待っていた。

「!?」

言葉にも悲鳴にもならない。

大きく開いた鮫の顎《あぎと》に車は突進していく。止まれない。

(呑み込まれた!)

と思うと、車は鮫を通り抜けていた。

だが無事でもなかった。音もなく車は中央から真っ二つに裂けた。なにもできなくとも、おしまいだと観念する間だけはあった。しかし、二分された車中から相対時速八十マイルの路面にこすりつけられる寸前で、ザップとツェッドの手がレオを支えて破滅から救い出した。

三人が着地すると。

そこは工事中の地下駐車場で、まだ天井がない。あるいは出来上がった地下駐車場から地上部分が引っぺがされるなにかが起こったのか。形状としてはピットのようになって残っていた。

三人はその底に落下した形だった。数メートルほどの深みから見上げた縁に、大勢の人間が詰めかけていた。逃げている間にここに集めていたのか。別に変哲ない、ただの住人たちのようだが。

その前に、堕落王が優雅に進み出る。

「二次元鮫の切れ味はどうだったかな。街の平和を脅かす悪の怪物め」

彼がポーズを取ると、大きな歓声があがった。ギャラリーたちだ。見世物のように盛り上がっている。

「逃げたんじゃなく、誘い込んだのか」

はめられたと認めて、ザップが臍《ほぞ》を噛《か》む。

レオはしっかり抱えていたPCを確かめた。壊れてはいない。残り時間は五分。

横目で周辺を観察しながらつぶやく。

「幻術の反応があります。多分《たぶん》俺ら、凶悪な感じのものに見えてるんじゃないですかね」

「こーろーせ！　こーろーせ！」

「堕落王様、わたしたちを救ってぇぇ！」

上の連中は大いに盛り上がっている。この短期間であっさり堕落王に心酔しただけに単純そうだ。

だが。

「…………」

「どうした？　糸目。そこよりさらに細められるか挑んでんのか」

「いえ」

レオはふと、気づいてしまった。別段、戦況には重要でもないが。

上に集まっているのは《普通》の人間だけだった。

その彼らが自分たちの味方として堕落王を讃え、怪物を殺して普通の世界を取りもどせと叫んでいる。

そして言わなかったが、ツェッドからだけは幻術の感触がなかった。

「同情やめました。胸くそ悪いからぶちのめしましょう」

「人がやろうとしてること命令すんじゃねえよ。ママか」

ザップはとうにやる気だ。もしかしたら同じことに気づいていたのかもしれないが。

「問題は、どうしますかね。簡単にはいかないですよ」

ツェッドは後方を警戒していた。そちらからはもうひとり、別の堕落王が現れている。

「ショーの盛り上げ用に二対二か。向こうが舞台に降りてきたんなら愚痴の言い損だ。言い訳無用でやるんだよ」

ザップが血刃《けつじん》を抜いた。

その形相が、ギャラリーにはどんな魔物に見えていたか。実物を見ても同じ反応だったろう。息を呑み、十分に距離はあるのに縁から半身、後ずさっていく。

「ザップさん正面の堕落王が本物です。起爆は……四分後」

レオは告げた。臨戦態勢のふたりから返答はない。

代わりにフェムトが口を開いた。

「落ちてきたビルの件は感謝してくれないんだね。そういえば」

さっきの話だ。

素《そ》っ気《け》なくレオは応じた。

「あれはマッチポンプでしょう？」

「でもいい気分だったろ」

「そうですね。安直で素晴らしかった。それは認めます」

「……君はそんなに普通じゃないな。レオナルド・ウォッチ」

「あなたもあんまり自信を持たないほうがいいんじゃないすかね」

「僕は自負するさ！　とても充実してるんだ！　こんなくだらないことでいちいち満足できる！　凡人は！」

「まあそうでしょうけど」

その瞬間。

ザップが吹っ飛ばされた。奇襲、いや、仕掛けたのはザップのほうだった。堕落王はザップが放った刃《は》の腹を指で押しのけただけだ。次手でザップの腹を抉《えぐ》ったのは堕落王の髪から伸びたなにかの触手だった。ザップは派手に地面を転がって四回転目で起き上がった。もうひとりの堕落王も動いている。相手はツェッドだ。動きを抑えて合理的な軌跡。ザップが舞いならツェッドは幾何学《きかがく》というところか。

たちまちに両者の動きに追いつけなくなる。加速する感覚にぞっとするのは、時間の進みが遅くなることだ。三秒とたたないうちに目まぐるしく状況が入れ替わる。

床を剝《は》いで出現する大蛇にザップが寄り添うように刃を引いていく。調理人のような手際で皮を剝《は》がされた蛇は燃え上がって灰になった。ツェッドは急に防戦もやめ、後退を続けた。彼を襲っているのは蚊の群れだ。しかも触れた場所を金に変えていく。ツェッドが跳《と》び退《の》いた後はどろどろの金の水たまりが出来た。ツェッドは逃げながら、竜巻のように飛び交う蚊を一匹一匹仕留めて回る。迂闊《うかつ》に気流を乱せば敵を見失うため技を封じられた格好だ。

ザップはさらに次から次へと繰り出される災厄また災厄を、柳のようにかわしていく

——というより正確には、ほとんど食らいながら命だけは拾って逃げ延びている。

レオはすべてくまなく目で追った。なにかひとつでも打開策がないか。残り時間はあと……四分。変わっていない。

（マジかよ……）

さすがに鳥肌が立った。その瞬間。

強烈に肉が打たれるクリーンヒット音に、さらなる怖気《おぞけ》が湧き上がった。ザップかツェッドのどちらかがやられたと思って見る。だが。

打たれて転倒したのは堕落王だった。それも本物のほうだ。ザップに蹴り倒された。

ザップもツェッドも、堕落王たちも、そしてギャラリーも一瞬静まり返った。なにが起こったのか分からなかった。

レオもだ。意識が逸れても全員の動きは見ていた。堕落王は確かにザップの打撃を防いだように見えた。にもかかわらずやられた。腹を押さえて立ち上がる。

「いやあ、さすがやるもんだね。僕の防御をすり抜ける必殺技を持っているとは……」

そんなものはない。

というより、あれば出し惜しみする理由がない。

（そうか）

レオは声をあげた。

「ふたりとも、こっち来てください！」

「あん？」

堕落王が動揺して手を休めているうちに、ザップとツェッドを呼び寄せた。それでも睨みを解くわけではなく、ふたり、レオを挟んで背中合わせに堕落王たちに身構える。

レオは小声で囁《ささや》いた。まだ直感で、声に出しながら言葉にしていく。

「あれはバッティングしたんです」

「なにが」

「あのふたりが同時に力を使おうとしたからしくじったんです。俺は両方見てたから」

「確かか？」

「知りません」

「おい」

「仕方ないでしょ。でも信じます。術を使っているのはあくまでフェムトひとりなんです。全員が堕落王ひとりの力を借りて使っているだけで」

早口に説明する。堕落王はまだ様子をうかがっているが、長くは保《も》たないだろう。

「タイミングを合わせれば、敵は同時に術を使おうとするはず。それぞれ半分ずつのフェムトになら……勝てる可能性も」

　ザップが口を歪めるのが気配で分かった。

「相手は半減で俺らは可能性程度かよ。舐《な》めてんな」

「馬力比べじゃないから、パワー半分ずつになるほど単純じゃないでしょ。でもなんらかの齟齬《そご》か、隙は生じるんじゃないですか。これからおふたりの、右目の視界だけを入れ替えます」

「……ンなことできんのかよ」

「やってみます。多分できても数秒です。新しいことを試す時は大体そうなんで。同じ流派のふたりにしかできないと思います。寸分の差もない同時攻撃」

　これで全部だった。猶予も限界だ。

　ツェッドはなにも答えない。なんであれ判断は任せるということだろう。

　ザップが訊いてきた。

「俺らにしかできねえ？　いや、俺らにできると思うのか」

「はい」

　終わりだ。最後にレオは付け足した。

「残り二分です。ここで倒せば俺たちの勝ち。負けたら……」

「どうなる？」

「俺たちの仕事、楽になるんじゃないすか」

「不思議と願い下げだな」

始まった。

レオは神々の義眼に請うた。忌まわしい、心から疎《うと》むこの力。それでも願って叶うなら、小さいことでも糺《ただ》すことができるなら、今は赦《ゆる》す……！

この再開一太刀《ひとたち》目が勝負どころだと分かっていた。堕落王ふたりの動きが同一に近い時が一番いい。つまりまだなにもしていない今だ。

願い、ザップとツェッドの右目の視界だけを入れ替える。

水と油のようなふたりだ。分裂した堕落王たちとはまるで違う。共通点なんてないに等しい。だが目的を持って動く時、違いはなんら枷《かせ》にならない。

斗《ひきつぼし》流血法・カグツチ。美麗なる迅速の閃《ひらめ》き。その先端が紅蓮《ぐれん》の花弁を開く――

斗流血法・シナトベ。静かなる見えざる影。その突端が凍《し》みる足跡を踏む――

ふたつは同調できる。得体のしれない魔道の英知も、論理爆弾も必要ない。普通にできることだ。

肉の音がひとつ、ただし前後双方から響いた。

まったく同じ格好で打ちのめされた堕落王が地面に転《ころ》がった。呆気《あっけ》なく。実際、なにが起こったのかは見ている者には分からなかったろう。

ギャラリーはわめき立て、離散していった。上からの悲鳴、罵声を浴びながらレオは、気絶している堕落王の横にＰＣを置いた。

時を待つ。残り一分……三十秒……十……

ゼロを刻んだ瞬間。

堕落王は消えた。

もうひとり倒れていた堕落王を見やる。そちらも変わっていた。フェムトではない。ただの男だ。なんとはなしに思い出したが、バス停でゴロツキに殺されかけていたあの男だった。目立つアフロに偽《にせ》の粗末な堕落王マスク、服は患者着になっていたが。

どっと疲れが襲い、レオはその場に膝をついた。ザップ、ツェッドもだ。また同時にスマホが鳴る。用件は分かっていたし、すぐに出るべきなのも承知していた。だがそれでもレオは電話に出る代わりに、その場に仰向けに倒れ込んだ。

呼び出し音に混じって、ライターをこする音が聞こえた。ザップだろう。

「考えてみたらよ」

煙とともにこんなことを言い出した。

「なにも敵対宣言しないで騙《だま》し討《う》ちすりゃよかったんじゃねえか？　一度それで成功してんだし」

「…………」

レオは。

シカトした。

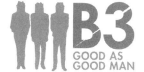

7

One second two seconds.

（ふたつは存外、見分けがつかない）

GOOD AS GOOD MAN

「あっ」

同僚たちから二歩ほど遅れて歩いていたレオナルド・ウォッチは横断歩道を渡り損《そこ》ね、取り残されてしまった。

車が数台通り抜けると、道の反対側に待たせている同僚ふたりの姿が見えた。再び信号のボタンを押して次に渡れるようになるまで待ったとしても一分もかからないが、それより先に車が途切れた隙に渡ってしまうか、少し考えた。

……以前と少し違うのは、周りの歩行者にあわせて踏み出しかけたことだ。しかし結局やめた。

日常は変わることと変わらないことの繰り返しだ。そしてそのふたつは存外、見分けがつかない。

「毎度毎度スッとれえなあー」

「すいません」

渡ったところで待ち構えていたザップのしかめっ面に、レオは頭を下げた。

用があるので先を急ぐ。が、道の反対側のベンチを見かけて半秒ほど足を緩めた。

「……なんだよ」

ザップが訝《いぶか》しがる。

「いえ」

そこに男が立っていた。ビジネススーツの変哲のない男だ。ボリュームあるアフロに見覚えがあった。もっとも他人のそら似かもしれない。服装が違うし、堕落王《だらくおう》のマスクも着けていない。待ち合わせでもしているのか大人しくしている。

「あー、あいつか。そういやあいつの荷物から、透明のセーフティーキーが出てきたらしくてよ。もしかして透明ロボって本当に持ってんのかな」

ぽんと手を打ってザップが思い出した、アフロの近くをうろついて壁のコケを熱心に舐《な》めているギルヴィン・ヴィ・ヴァヴヴィヴィ三世についてはレオは否定した。

「いえ、そっちじゃなくて。アフロのほうです。例の、偽《にせ》の堕落王だった人っぽいかなって」

「そうかあ？」

疑わしいというより、単に男の顔など覚えていないのだろうという気はしたが。

どっちみち、重要事でもない。元の人格を取りもどした七百六十八人はみんな自分の居所に帰っていった。そしてもう事件とは関係ない生活にもどっている。

また歩きだす。しかし今度はあまり遅れず、レオはそのまま話を続けた。

「最後に結構腑に落ちたんですよ」

「なにが」

ザップはまだ巨大透明ロボのほうが気になっていたようだが。あてにならないザップはともかく、ツェッドにレオは言った。

「堕落王が、魔法の爆弾くらいであんなに変わっちゃうってことです」

「その仕組みは分かってるでしょう？」

「仕組みのこととかじゃなくて。つまりは、別に誰も資格があって気高くできてるわけじゃないから、平凡が一番なんて言ってると呆気《あっけ》なく凡人以下まで堕《お》ちるんだなって」

本気で嫌《いや》そうに、ザップが顔をしかめた。

「堕落王って気高いのか？」

「いつもひとりでゲームを用意して、全力で工夫しながら毎回負けてるんですよ。それでも笑って、次がもっと楽しみだって。すごい人ですよ」

今度こそ呆《あき》れ果《は》てたという顔でザップがうめく。

「マジでおめーが一番ぶっちぎれてんよ。くだらねえ」

と。

ふと静けさが場を過ぎる。

それは虫の知らせではなくもっと電子的なものだった。携帯電話やスマートフォンを含め、街中のあらゆるパネルが一斉に暗転するのだ。音が途切れて、そしてこの声が聞こえてくる……

「ご機嫌よう、ヘルサレムズ・ロットの諸君……」

画面に映ったのは堕落王だ。街の人間が足を止めて、静寂と停止が決定的なものとなる。なんでもいいから情報を得られる画面に目を留める。

ザップも近くの広告パネルを見上げて嫌そうに吐き捨てた。

「ったく、その気高いゲームとやらなんじゃねえのか」

「元にもどったんですね」

と、ツェッド。ザップも首を振る。

「まー、そうなるんだろうよ」

画面の堕落王は流麗な仕草で間を取った。前回の失敗のことなど一切覚えていないように見えるのは、やはりいつものことだ。本当に覚えてなどいないのかもしれない。

「さて、この街にひとり、昨日《きのう》死んだ誰かとそっくりな人造生物を解き放っておいた。見破ってその名を当てれば、強腐神《きょうふしん》グルゲラトペルの降臨憑代《よりしろ》にならず消滅させられる。時間の猶予《ゆうよ》はあと三十分だ——」

「三十分と来やがったか。意趣返しなんじゃねえのか。クソ」

「……本当にこっちのほうがマシだったんですかね」

口々に言い合いながら、ザップとツェッドが走りだす。来た道を引き返して。

「オラ、てめえの糸目が見つけやすいように高台を探すぞ！　昨日の死亡者のリストは三分以内に来るから、それまでにスタンバってておかねえと」

「昨日ってクレーンの連鎖倒壊があったじゃないですか。絞《しぼ》り込《こ》まないと、リスト見てるだけで時間が尽きますよ」

一秒一秒で段取りが決まっていく。

レオも引き返して駆けていく途中に。

こんな騒ぎも気にせず行進しているヌードル型生物とすれ違った。

なにも変わらず、日々はどこでだって、誰にだって普通を与えてくれる。

B3
GOOD AS
GOOD MAN

あとがき

お疲れ様です…!!
今回はフェムトがいっぱい出ます!!と聞いた瞬間に阿呆か…!!
最高か…!!と思いました。
次の瞬間には脳内でこの表紙に決定。
さてさて中身はどうでしょう…。
本当に正面からちゃんと故あってフェムトがたくさん居る…!!
阿呆だ…!!　最高だ…!!
秋田さん本当にどうもありがとう…!!（サムズアップしながら
特に溶鉱炉には沈まず笑顔で）

内藤泰弘

どうも！　ノベライズふたつめということで、
そんな感じです。
血界戦線は毎度迷路みたいな場所ですが、
やっぱり楽しいですね。
またこういう場所で遊ばせてもらえたのがありがたいです。
というわけで、それでは！

秋田禎信

■初出
血界戦線2
グッド・アズ・グッド・マン
書き下ろし

[血界戦線]グッド・アズ・グッド・マン

2017年10月9日 第1刷発行

著　者／内藤泰弘 ◉ 秋田禎信

装　丁／石山武彦 [Freiheit]

担当編集／六郷祐介

編集協力／北奈櫻子

編集人／島田久央

発行者／鈴木晴彦

発行所／株式会社 集英社

〒101-8050 東京都千代田区一ツ橋2丁目5番10号
電話 編集部／03-3230-6297
読者係／03-3230-6080
販売部／03-3230-6393《書店専用》

印刷所／凸版印刷株式会社

Printed in Japan ISBN978-4-08-703431-8 C0093

検印廃止

血界戦線ノベライズ第1弾
ザップに、隠し子!?

霧烟る都市。
人と異界の者どもが
交差する街。
そこに蠢き跋扈する
厄災たちと
戦う者たちがいた。
線
内藤泰弘
大好評発売中!!
※2017年10月時点の情報です。